www.tredition.de

AF204317

Valerij Pjatakow

Die Alexandria-Expedition

im Zusammenhang mit den Ersam-Ereignissen

© 2016 Valerij Pjatakow

Verlag: tredition GmbH, Hamburg

ISBN
Paperback: 978-3-7345-2223-9
Hardcover: 978-3-7345-2224-6

Printed in Germany

Die Alexandria-Expedition

Die Ersam-Ereignisse

Ersam war und ist noch immer in einem kleinen Volk in Südamerika eine Gottheit, eine schlafende. Ihre Mythologie umfasst viele hundert Götter, Ersam wird bloß damit beschrieben, dass er in der Erde lebt und schläft. Die Überraschung, die jedoch Aufsehen erregte, kam ein halbes Jahr, nachdem die kleinen Dörfer im südamerikanischen Urwald entdeckt wurden: in Neuguinea gab es ein Dorf, das das Wort Ersam als Schlaf nutzte. Kurz darauf wurde viel recherchiert und Untersuchungen ergaben, dass auch einige australische und amerikanische Ureinwohner aus sehr kleinen Dörfern ähnliche Auffassungen von Ersam hatten. Beide beschrieben Ersam als schlafenden Riesen, nur das amerikanische Dorf glaubte bei Ersam an einen Halbgott, beteten ihn aber nie an.

Der Fall bekam eine neue Wendung, als drei Jahre später ein neuer Maya-Tempel in Peru gefunden wurde. Der Tempel war weitaus älter als das Volk der Maya überhaupt sein konnte, also vermutete man, diese Maya hätten früher gelebt, deren Religion sei nach einem Erdbeben vernichtet, die wenigen Kinder, die überlebt hatten, haben weitere Religionen gegründet, hätten aber einen großen Teil der alten Kultur und Religion vergessen, sodass die Gottheiten, die man fand, ebenfalls in Vergessenheit gerieten waren.

Unter den Gottheiten befand sich ein unter der Erde schlafender Wächter der Unterwelt namens Xibalbá. Der Name war Ersam. International wurde gestaunt und Ersam war ein Rätsel. Denn dieser Name fand sich in vielen Religionen wieder, die räumlich und zeitlich zu großen Abstand hatten. Also machte man eine noch weitreichendere Suche als zuvor und startete eine Menge Expeditionen, deren Ergebnisse erstaunten: in Borneo, Sibirien und Christchurch fand man Ersam in Religion und Kultur von bis dahin unentdeckten indianischen Dörfern wieder. Gab es Ersam etwa tatsächlich? Selten stimmen mehrere Religionen in ihren Bezeichnungen für Gottheiten überein.

Die Funde der nächsten zehn Jahre waren dagegen noch überraschender: eine alte zerstörte Moschee hatte den Namen Ersam auf dem Boden stehen. Zudem wurde neben einem Grab aus dem alten Ägypten eine Zeichnung von einem schlafenden Menschen mit einem großen Mund und vier Armen und der Aufschrift Ersam gefunden. Unter einem griechischen Tempel stand das Wort Ersam. Dazu weitere Worte, die übersetzt hießen: „Ersam, lasse nur die Toten ins Elysium und ziehe keinen Lebenden in den Tartaros!" Es ist fraglich, ob Ersam je Teil der griechischen Mythologie war.

Eine alte, handgeschriebene Bibel hatte statt Gott oder Jehova Ersam stehen. Dieser Fund war allerdings nicht so ganz wichtig, denn obwohl es das erste Mal war, dass Ersam als ein Hauptgott beschrieben wurde, wurde diese Bibel aber von nur einer Person geschrieben und von niemandem sonst bis jetzt gelesen.

Doch die Wissenschaft und alle, die sich mit Ersam beschäftigen, auch die, die es nicht taten, erlebten bald eine Überraschung: auf einer Insel im atlantischen Ozean fand man eine Statue und eine unverständliche Schrift. Die Statue aber zeigte einen Mann, der eingekrümmt schlief und vier Arme hatte. Auch hatte er einen Mund am Bauch. Sofort erkannte man die Ähnlichkeit mit dem Abbild Ersams aus Ägypten, diese beiden Kulturen hatten einen zeitlichen Unterschied von mehr als tausend Jahren, vom räumlichen kaum zu sprechen. Gab es Ersam?

Dies war der letzte Fund über Ersam und keine Forschung brachte tatsächlich etwas heraus. Ersam war kein aktuelles Thema mehr und es gab nichts genaues, was seine Existenz bewies und nichts, was sie wiederlegte. Er war wie jeder andere Gott. Natürlich bildeten sich Kulte und Sekten um Ersam. Aber dennoch dachte selten ein Bürger der jüngst errichteten Kulturen mehr an Ersam.

Eine Gewalt in ihren Anfängen

Als sich das Pangea auseinanderschob, wurde eine salzreiche Landschaft in die weiten Meeren gespült. Sie war anfangs wohl eine Klippe Eurasiens und zerbrach aufgrund der kontinentalen Plattenverschiebung. Da sie nun nicht mehr an die Erdkruste gebunden war, schwamm sie sehr weit in den Indischen Ozean und setzte sich an einer der ersten Algenformationen dort fest. Die Insel blieb während des Erdzeitalters unbestimmbar in genauen Koordinaten. Ihre Masse nahm nach und nach durch Skelette der Korallen, tote Körper der riesigen im Wasser lebenden Arthropoden und mehr Pflanzen zu. Sogar erste Weichtiere bevölkerten das Land. Anscheinend durch einen Zufall kam ein Lavatunnel zum Vorschein, nur etwas mehr als 20 Meilen von der Insel entfernt. Die entstandene Landschaft vergrößerte die Insel und als sich der Lavatunnel schloss, bevölkerten die Weichtiere die ganze Insel. Die Größe variierte mit den Jahrmillionen, aber sie blieb etwa konstant mit der Größe der heutigen Niederlande.

Die Flora und Fauna war wohl nicht zu bremsen, in den Anfängen der Erde aber musste sie voll von den riesigen Arthropoden gewesen sein. Später könnten sie möglicherweise im Tunnelsystem des verbliebenen Vulkans gewesen sein, der längst still war.

Dann waren wohl große Weichtiere und Säugetiere auf der Insel. Da bestimmte unterseeische Strömungen von Kereischa aus den ganzen Planeten bedeckten, kam es oft vor, dass sie kleine Teile anderer Kontinentalplatten abrissen und diese innerhalb weniger Wochen sanft an der Oberfläche des Meeres Teil Kereischas wurden. Daher war stark zu vermuten, dass sich dort Fossilien von Lebewesen aus allen Epochen und Orten der Welt vorzufinden ließen.

Die Menschen in der Nähe Australiens, Bongos, sowie anderen kleinen Inseln mieden die Insel.

Die Ureinwohner einer unbekannten Insel waren Kannibalen, die die Insel wegen ihrer Religion Kreiska nannten. Es schien ihnen die Heimat des Todesgottes zu sein. In allen Kolonien, die folgten, bemerkte keiner etwas von Kreiska. Die Ureinwohner flüchteten wegen einem bevorstehendem Krieg zur Insel, aber es kam nie jemand zurück.

Der spanische Entdecker Flisco Gradisc machte 1706 die Insel zu seinem Eigentum, da die Ureinwohner in einen Stein vor der Insel den Namen Kreiska eingravierten, hätte Gradisc sie auch so genannt, die Verwitterung und einige Pflanzen und seine ungenaue Schriftzeichenübersetzung veranlassten ihn dazu, sie Kereischa zu nennen. Er vermachte 1717 die Insel seinem Sohn. Der verstarb 1769 und durch gefälschte Papiere, Urkunden und einigen Bestechungen aber erfüllte er noch den letzten Wunsch seines Vaters, dafür zu sorgen, dass nie jemand die Insel betreten würde.

James Mejvell, damals angesehener Evolutionsbiologe und Naturwissenschaftler wollte die Insel unbedingt aus Forschungszwecken besuchen. Er schaffte es auf nicht legalem Wege auch, zu enthüllen, dass die Insel niemandem gehört und nahm sie sich auf dieselbe Art zu seinem Besitz.

Am 12.Oktober 1895 führte er eine neunköpfige Expedition auf die Insel Kereischa. Die Medien stürzten sich darauf, aber als James alleine fast zwei Monate später zurückkehrte, wollte er keine Auskünfte geben. Er warnte, dass jeder, der seine Insel betrat, von ihm selbst in Grund und Boden geklagt werden würde: „Aber zurück werdet ihr sowieso nicht kommen..."

Hohn, Spott und Entschlüsse

Es war ein stürmischer Tag und ebenso stürmisch wirbelten die Gedanken in meinem Kopfe. Ich war auf dem Weg zum wöchentlichen Besuch beim „Toten Löwen".

Der Club „Toter Löwe" war zuerst nur ein Buchclub gewesen. Aber er war eher in reichen und gebildeten Kreisen angesehen. Später war es mehr ein Plausch zu Tee und Gebäck, im Landhaus James Mejvalls stattfindend. Ich hatte an diesem Tag vor, irgendwie etwas aus James über Kereischa herauszubekommen. Ich konnte so meine Neugier befriedigen und in meinen Forschungen möglicherweise weiterkommen. Außerdem konnten mich meine Aufschlüsse der Presse gegenüber zu einer Sensation machen.

Aber ich wurde jäh aus meinen Gedanken gerissen, als mich einige Mitglieder des „Toten Löwen" herzhaft begrüßten. Ich war auf James Mejvalls Anwesen. So begannen dort wohl die Entschlüsse zur Alexandria-Expedition. Ich war dort als Mitglied und komme zwar nicht aus allzu reichem Hause, bin aber wohl gebildet und meine Kenntnisse in der Verhaltenspsychologie und Paläontologie gaben mir die Möglichkeit, intellektuellere Gespräche zu führen, damit ich einmal in der Woche mit den Reichen plaudern konnte. Ich weiß nicht viel über James, er ist ein entschlossener und ehrgeiziger Mann, zieht sich aber manchmal gerne zurück. Wir redeten an jenem Tag über Atlantis, nachdem einer Platon zitierte. Nicht sehr wissenschaftlich, aber unterhaltend. „Wir sollen ja nicht zu schnell urteilen! Atlantis wurde nicht gefunden, aber einen Gegenbeweis für seine Existenz kann nicht genannt werden!", rief ich aus.

„Ach, mein lieber Herr Düsz! Wäre ein solcher Kontinent riesiger Ausmaße untergetaucht, gäbe es wegen der Wasserverdrängung unweigerlich Überschwemmungen! Die ganzen Städte des Mittelmeers würden untergehen. Und mit ihnen auch Platons Aufzeichnungen!"

„Ihr beide seid doch zu eingeschränkt! Vielleicht ja hat sich der Mensch zu einem Fischmenschen entwickelt. Ja, Meermänner und -frauen, mit Kiemen und Schwanzflossen können doch noch immer unter Wasser leben!"

„Oder der Kontinent befindet sich unter einer wasserundurchlässigen Kuppel!"

„Vielleicht suche wir auch nur am falschen Ort, was ist mit dem, pazifischen...oder indischen Ozean!"

„Nun, Professor Mejvell! Ihre Reise zu Kereischa verlief doch auf dem indischen Ozean! Sahen sie einen versunkenen Kontinenten?", fragte ich.

„Nun, sicher nicht!".

Ich erkannte meine Chance, etwas über Kereischa und die Erlebnisse des Professors herauszufinden. Natürlich musste ich vorsichtig sein, aber die Neugier zu befriedigen, erschien mir doch verlockend.

„Herr Professor, wir wissen alle ihre wissenschaftlichen Erkenntnisse und Werke zu schätzen, aber da muss ich sie doch fragen: Warum wollen sie nicht ihre Beobachtungen mit der Welt teilen?", fragte ich. „Ja! Sven hat Recht! Es ist doch wohl in irgendeinem Sinne närrisch!"

Ohne den Namen der Insel genannt zu haben, wusste jeder, was gemeint war, stellte ich erstaunt fest.

„Genau! Nun, also mein Herr, ich will sie nicht bedrängen! Aber Sie sind wohl ein geiziger Inselbesitzer, der eine Insel besitzt, der lange nachgesagt wird, dass die naturwissenschaftlichen Kenntnisse durch sie um einiges aufgebessert werden können und sogar urzeitliche Fossilien noch nie dagewesenen Ausmaßes sollten gefunden sein. Ja sogar einige Exemplare der sonst ausgestorbenen Art der Dodovögel wurden tatsächlich von einem der Entdecker ihrer heimatlichen Insel zum Inselbesitz des wohl senilen Herren exportiert."

Ein leichtes Lachen ging durch den Raum.

„Ja, tatsächlich ist seine merkwürdige Ignoranz oder vielleicht auch sein Zorn gegenüber der Wissenschaft eine fast provozierende Beleidigung! Wieso will der Herr denn nicht die Insel einigen Forscherteams überlassen?"

Und in diesem Moment sah ich, dass wir einen wunden Punkt trafen. Professor Mejwell stützte sich zunächst langsam auf seinen Stock, schaute dann auf und seine dunklen Augen schienen hinter seinem Bart jedem in die Seele zu schauen. Plötzlich wütend zitternd warf er seine Tasse Tee auf den Boden, wo sie zerschellte und schrie, während die anderen sich vor seinem willkürlichen Anfall zu retten versuchten: „Ihr verdammten Bastarde! Ihr habt doch keine Ahnung! Ihr an meiner Stelle könntet es nicht besser verkraften! Ihr wisst nicht, was ich gesehen habe! Ihr seid die Narren! Ich saß sechs Tage in dem Drecksloch und habe gedacht, ich verrecke! Und ich konnte nichts essen außer dem Fleisch meiner Kameraden und nichts trinken außer den Tropfen der Stalagtiten. Ich konnte nicht schlafen, denn ich wusste, dass jederzeit die Ausgeburt der Hölle kommen würde! Und als ich seine Tentakel sah, sah ich den Tod! Ihr wisst es nicht! Es ist nicht die Angst vor dem Tod, sondern vor den Qualen, die es einem antut! Die Natur ist bitter hässlich, jedes ach so majestätische Tier wird dich das nicht vergessen lassen!"

Plötzlich keuchte er und fiel auf die Knie. Ich, der noch blieb, weil ich meine Tasche suchte, sah seinen vermuteten Anfall und rannte schnell zu ihm. Er hustete und spuckte etwas Blut auf den Boden.

„Geht es ihnen - wie kann ich helfen? Haben sie irgendwelche Medikamente? Ich habe keine gute medizinische Ausbildung, aber ich lernte wohl-„

„Nein, nein. Ich habe mich nur verschluckt und mir auf die Zunge gebissen, aber, es tut mir leid, ich..."

Er versuchte, stark zu bleiben, konnte ein Schluchzen aber nicht unterdrücken. Er räumte auf und ich bat ihn, zu helfen. Wir tranken einen Wein guten Jahrgangs und ich war zwar eingeschüchtert, aber vergaß nicht seinen guten Kern.

„Sie haben wohl etwas erlebt dort. Ich muss mich entschuldigen, wirklich!", meinte ich.

„Nein! Ich bin es, der sich entschuldigen muss. Was ich erlebt habe, soll nicht dazu führen, dass die Naturwissenschaften jahrelang im Dunkeln tappen. Ich bin erschüttert. Über meine eigene

Unvernunft." Er schien zu grübeln. „Nun, gut, Sven. Es wird eine Expedition geleitet werden. Sie, ich und einige Männer zu unserer Sicherheit. Ich werde meinen alten Feinden gegenüberstehen und nie wieder von diesen Alpträumen heimgesucht werden." Ich war überrascht. Ich würde tatsächlich bei einer Expedition nach Kereischa dabei sein. Und das mit James Mejvall persönlich. Ich war erst völlig überwältigt von der Nachricht und konnte nichts dazu sagen. Ich muss zugeben, dass mich als erstes wahres Gefühl Angst packte. Entsetzliche Angst, dass das, was Professor Mejvell fast das Leben geraubt und neun andere Menschen ins Jenseits befördert hatte, meinem Leben keine unwahrscheinliche Gefahr war. Ich konnte mich nicht entscheiden, schließlich wollte ich ja auch so viel wie möglich über die Insel wissen. Die Entscheidung wurde mir abgenommen, denn James sagte nur noch: „In zwei Tagen brechen wir auf!"

Der Aufbruch

Von England aus fuhren wir, insgesamt neun Männer mit einem Lastenschiff nach Kapstadt. Der werte Herr James, zwei Männer, die ehemalige Soldaten Frankreichs waren, eine amerikanische Hobbywaffeningenieurin mit merkwürdig aussehenden Gerätschaften im Gepäck, ein deutscher Holzfäller, welcher sich viel Ruhm erwartete, zwei Schweden, mit dem Ziel, Abenteuer zu erleben, ein schweigsamer Isländer, über den niemand etwas wusste und ich. Die Medien bekamen von unserer Expedition jedoch erst keinen Wind, James wollte bis nach der Expedition warten. Wir wurden von ihm Alexandria-Forscherteam genannt. Ab Kapstadt dann nahmen wir einen Segler, welcher etwas in Asien vorhatte, so sollten wir zu Kereischa kommen. Die Tage an Deck machten uns immer ungeduldiger, keiner hatte sonderlich Angst vor der Expedition, doch wir hatten ein schlechtes Gefühl, konnten die Insel aber auch kaum erwarten.

Es vergingen sechs Tage. Der Isländer schrieb an irgendetwas und James wollte eine Blutprobe von mir, wofür, wusste ich nicht. Bald war es soweit. Und tatsächlich erkannten wir am Horizont eine Insel. Sie war riesig, sie hatte mehrere Berge, oder zackenähnliche Felsen, einer so groß, dass der Rest des vorderen

Teils der Insel im Schatten lag. Und schon die Gewächse verrieten uns, dass diese Insel so einige erdzeitliche Katastrophen überstanden hatte.

Niemals hatte ich diese Pflanzen gesehen, dachte ich. Aber ich merkte, dass ich sie kannte, diese Psilophytone gab es überall auf der Erde, im Devon jedoch waren sie seit Urzeiten ausgestorben.

Fossile Abdrücke wiesen lange schon auf die Existenz dieser Pflanzen hin, welche einigen heutigen Pflanzen nicht unähnlich war. Ich schlussfolgerte daraus erstaunt, obwohl ich kein Paläobotaniker bin, dass diese Insel entweder den Katastrophen der verschiedenen Erdzeitalter überstand oder es einfach eine unbekannte Pflanzenart war, welche mein laienhaftes Auge nicht kannte. Sofort wies ich James darauf hin, der mir erklärte, dass wir das Geheimnis noch lüften würden.

Ich bemerkte, dass die Insel eine Mündung ins Meer zu haben schien, in einen See, der wahrscheinlich unter einen der Felsen führte. Ich bewunderte die schönen Sandstrände und konnte von weitem bereits Süßwasserkrokodile ausmachen. Ich war mir aber sicher, dass die skurrilen Waffen des Ingenieurs und die Kenntnisse unseres Expeditionsleiters uns vor gefährlichen Treffen retten könnte.

Als die Sonne tief stand, erreichten wir einen improvisierten Anleger. Ein aus Holz gebauter Steg und zwei Kanus lagen, wie vermutlich schon seit Jahren dort. James sagte, es seien die Indianer gewesen. Der Kapitän des Schiffes würde drei Wochen auf uns warten, wären wir bis dahin nicht zurück, wird er uns für tot erklären.

„Die Gefahren und mörderischen Wesen, die uns erwarten würden", so meinte James zum Kapitän, „sollten ernst genommen werden. Ankern Sie weiter draußen auf dem Meer." Der Kapitän tat wie geheißen, nachdem James seinen Abschiedsbrief bei ihm hinterlaß.

Frohen Herzens machten wir die ersten Schritte auf Kereisha. Ein besonderes Gefühl war der Sandstrand nicht, aber so nah vor dem Lüften eines Geheimnisses zu sein, einen Ort zu betreten, von Sagen umwoben, es war überwältigendes Gefühl, bei der Alexandria-Expedition dabei zu sein!

Der Deutsche hatte sicher etwas entdeckt, denn er warf einen Brotkrümel in den üppigen, vor uns liegenden Wald. „Komm mal her! Ja, ja. Na, komm." Ehe ich fragen konnte, was los war, erschien ein prächtiger Dodo, ein Raphus cucullatus. In Réunion und Mauritius ausgerottet und von einem Entdecker nach Kereischa gebracht. Angst vor Menschen hatten sie kaum, sie hatten prächtige Farben, waren leider flugunfähig. Mein Staunen war nicht zu beschreiben. Ich streichelte dem Kerlchen über seinen Kopf und fütterte ihn auch. „Unglaublich, nicht? Aber tatsächlich ist es nicht einmal der Anfang der erstaunlichen Tierwelt!", meinte James. Der Deutsche, Karl, war plötzlich ein wenig misstrauisch. „Herr Mejvall. Es ist mir eine Ehre, dabei zu sein, aber das ganze hier wäre doch besser für einen Professoren geeignet oder Wissenschaftler. Und irgendwelche 'Beschützer' zu finden, ginge auch leichter." „Nun, sie haben Recht. Ich bin dazu geneigt gewesen, wahllos jedermann für unsere Reise anzuheuern. Ich wollte vierzig Mann mitnehmen, mit Gewehren ausgestattet, dazu noch zehn weitere, die sich an dem Strand aufhalten. Aber das hätte wohl zu viel Zeit gekostet und zu viel Aufmerksamkeit auf sich gezogen. Ich brauchte also jemanden, der für diese Reise perfekt ausgestattet war.

Ich konnte ein Gift nachweisen...und hoffte, Teilnehmer für diese Expedition zu finden, die nicht von diesem Gift befallen werden können. Es war schwer, Sie alle zu finden, aber sie sind perfekt für die Expedition. Zum Schutze stark und erfahren und es ist dem toxischen Gift nicht möglich, sie zu schädigen!" „Aber, was ist mit mir?", fragte ich. Es erschien mir sehr unwahrscheinlich, dass ich auch immun war. „Leider konnte ich bei ihnen nicht die Resistenz gegen das Toxin erkennen." „Nun, ein Unfall wird wohl hoffentlich selten vorkommen!"

Nach diesem Gespräch hätte ich kein gutes Gefühl haben dürfen, wahrlich nicht, doch mit schwirrten zu viele andere Gedanken im Kopfe herum. Als es Nacht wurde, schlugen wir auf einer Lichtung unser Lager auf. Wir machten ein Lagerfeuer und schlugen Zelte auf. Merkwürdigerweise beschlich mich immer wieder ein schlechtes Gefühl. Die meisten waren schlafen gegangen, aber mir war das ganze überhaupt zu viel, also schlich ich mich aus meinem Zelt und setzte mich ans Lagerfeuer. Eine Weile dachte ich bloß nach, da sagte jemand, die Amerikanerin vermutlich: „Wir lachen doch über die Dummen! Die Verspotter Galileos, die Verhöhner Darwins, die Naiven und Starrsinnigen. Unsere Kinder lernen in der Schule mehr, als diese je gewusst haben. Und doch wurden zu den Zeiten der Dummen die Wissenden ausgelacht! Charles Darwins Theorie ist vollkommen ins Lächerliche gezogen worden. Aber damals wussten die Spötter nicht, dass wir nun heute über ihre Dummheit lachen. Und Darwin nunmehr schätzen! In unserem Glauben jedoch, die jetzige Zeit wäre der Erfolg der Moderne und Wissenschaft, vergeuden wir darüber nachzudenken, dass wir schon bald selbst ausgelacht werden können. Wussten es die Menschen der vergangenen Zeiten besser? Konnten sie vorausahnen, welch Fehldenken ihre gesamte Existenz einschränket und zu Grunde stampfet? Wir werden in unserem Leben weniger wissen, als die Kinder an den Schulen in hunderten von Jahren! Wir werden für unser Fehldenken verhöhnt! Dabei wissen wir es nicht besser..."

Ich wusste nicht, ob ich antworten sollte, doch Leila fuhr bereits fort: „Aber dennoch ist die gesamte Wissenschaft in dem Sinne fürs Verlieren bestimmt. Weißt du, was ewig ist, Sven?" „Nun, Zeit..." „...Raum und Materie, richtig. Aber die Menschheit ist dabei nicht eingeschlossen. Mag unsere Masse, woraus auch immer sie besteht und in welcher Form auch immer sie ist, immer in den Weiten des Raumes weilen, ist unser Leben selbst vergänglich. Die Menschheit wird früher oder später die Erinnerung eines Planeten sein, einer Galaxie, vielleicht des Universums, doch sind wir auserkoren, zu fallen. Und wenn wir fallen, nehmen wir das Wissen. Wer weiß, welche Technologien uns die Verwahrung des Wissens geben? Doch auch diese werden nicht in die Unendlichkeit reichen! Ach, Sven, wenn doch nur jeder die Vergänglichkeit des Lebens begreifen könnte, was gäbe es für Frieden auf der Erde. Was für Glück, welch Freude!" Schweigen herrschte. Das knisternde Holz schien zu erlöschen. Das Wort Eleganz kam in meinem Kopfe auf.

„Ich an deiner Stelle würde schlafen gehen. Nach dem, was ich vom Professor gehört hatte, werden wir bald keinen Schlaf finden", sagte die Amerikanerin. Irgendwie schaffte ich es, schnell einzudösen. Bevor ich vollständig dem Schlummer verfiel, sah ich vier kleine Lichter im Wasser. Sie bewegten sich auf den Strand zu und ich erkannte allmählich, dass die Lichter von den Scheren eines Krebses ausgingen. Sein gesamter Körper leuchtete, die Scheren aber am meisten. Ihr Körper war drei Meter breit und zwei Meter hoch, dazu zwei Meter lang. Seine Beinspannweite betrug sicher mehr als 21 Meter. Er hob etwas mit seinen Ohrenscheren am Strand auf, schien es zu begutachten, ließ es fallen und verschwand wieder in den Tiefen und Weiten des Meeres. Meine erste Nacht auf Kereischa.

Verbotene Früchte

Am nächsten Tag war ich ganz aufgeregt, die Expedition würde ins Innere dieses Kolosses von Insel eindringen und Geheimnisse der Wissenschaft aufdecken, Fragen beantworten, an die niemand je dachte und unseren Augen ein Fest machen. Denn die bunten Vögel, die ganzem Bäume, die Pflanzen, einige davon fleischfressend und leuchtende Insekten, grün-rot-blaue Spinnen und mausähnliche Tierchen mit grünen Streifen auf gelben Fell sorgten immer wieder für vollen Genuss für unsere Augen. Anstatt durch den Wald zu laufen, bestiegen wir eine steinige Anhöhe und liefen auf einem niedrigen Berg.

Wir liefen lange über den kleinen Berg, bis wir anfingen, durch den Wald zu gehen. Direkt dort begegneten uns viele Tiere, die keiner von uns beim Namen nennen konnte. Wir hatten Mühen, unsere Macheten zu schwingen, keine Lichtung sollte uns helfen, durch den Wald zu kommen. Welch´ Anstrengung wir verspürten. Insekten waren eine Plage und ungemütlich zugleich. Keinem blieben Schweiß, Kratzer und Stiche erspart.

Als ich einmal aufblickte, sah ich in den hohen Baumkronen ein Wesen, es war etwas kleiner als ein Mensch, sah aber vom Körperbau so aus wie einer. Seine riesigen Zähne grinsten tödliche

Fratzen. Seine Hände hatten Klauen, die einem Megatheridae, einem Riesenfaultier glichen. Es verschwand wieder und ließ mich voller Fragen zurück. Allmählich wurden die Bäume höher und der Boden lichtete sich. Wir wanderten mühelos über Lichtungen zwischen den Bäumen umher und machten Rast im tiefen Schatten zwischen den hohen, gigantischen Bäumen. Wir nahmen Platz auf den Decken und nährten uns vom Proviant, auf dass wir kräftig und stark genug waren, um den Ort zu finden, zu dem James wollte.

Und tatsächlich kamen wir bald an ansehnliches Haus. Mit ansehnlich ist nicht etwa gemeint luxuriös, auch wenn es das für unsere Umstände war. Es war groß, aus Stein gehauen und mit weißer, glatter Farbe überzogen. Einige der Fenstergläser waren bereits zerbrochen, andere waren jedoch noch intakt. James erklärte uns, dass dies der Sitz Flosco Gradisc' gewesen war. Später war er von seinem Sohn ausgebaut worden, welcher sich vor einem Verbrechernetz zu flüchten gedacht hatte.

Und doch war uns allen klar, dass uns James etwas verheimlichte, uns schien es aber nicht der richtige Zeitpunkt, mehr darüber zu erfragen.

Das Haus war, mit seinem großen Keller, den wir auf Bitten James' mieden, mehrere hundert Quadratmeter groß. Es hatte viele Betten, sogar Etagenbetten, welche keinen Komfort boten, da sie von innen zerfressen waren und in denen sich bereits Kakerlaken und andere Tierchen eingenistete haben. In einem Raum brütete sogar ein Dodo. Doch die Anlage schien eine Heizung zu haben, jedenfalls spendete es uns mehr als genug Wärme. James erklärte, es sei die Architektur dieses Baus, welche eine natürliche Wärme gab.

Als wir unsere Schlafsäcke ausgebreitet hatten und wir begannen, unser Proviant bis auf den Rest zu verschlingen, stellte sich James auf einen Stuhl und sagte: „Welch Gloria! Welch Ehre! Wir alle, tapfere Männer, Entdecker, Helden, sind nun viele Kilometer entfernt vom Strand. Viel hat dieses Haus nicht zu bieten, auch nichts, was den Hunger zu stillen möge. Den einige schon ertragen."

James deutete auf mich und die Amerikanerin. Tatsächlich hatten mir die Vorräte nicht gereicht und Leila bloß hatte die allerletzten Reste bekommen.

„Jedoch!", fuhr er fort. „Jedoch ist das Haus aus Stein erbaut worden, welchen kein primitives Tier zu zerstören vermag." Mir gefiel die Betonung auf primitiv nicht. „Und diese Tiere sollen uns hier begegnen. Ich will mit der Wahrheit rausrücken. Der Dodo ist nicht das einzige ausgestorbene Tier hier. Ich spreche von Dinosauriern. Sie wimmeln hier überall, am meisten in der Mitte der Insel, daher trafen wir sie nicht an, als wir durch den Wald streiften. Die Tür wurde nicht grundlos so klein gebaut. Nein, sie wird die Gefahren abhalten, welche uns begegnen werden."

Tatsächlich war die Größe der Tür verdächtig mysteriös gewesen, wir hatten uns alle bücken müssen, selbst der Kleinste unserer Truppe. Aber ich war nicht überzeugt und rief gleich, wohl unbedacht: „Schwachsinn!" aus. Der Professor blieb unbeeindruckt, schüttelte den Kopf und sagte: „Sven. Mein Freund und Kupferstecher! Der Hunger nagt an dir, so sollst du dich nicht nur vergewissern, dass ich recht liege, nein, du wirst einen Dinosaurier verspeisen dürfen. Du Karl, Michel und Leila, ihr werdet jagen gehen. Nehmt euch alle Waffen, die ihr erblicken könnt. Ihr werdet sie brauchen."

Lachend wandte er sich um und legte sich in seinen Schlafsack. Ich zog mir drei Waffen aus dem Rucksack, ein Messer, ein Gewehr und einen Revolver. Meine Kameraden, darunter der Franzose Michel, nahmen sich ebenfalls scharfe Waffen mit. Zwar hatte ich die Befürchtung, Vernarrtheit und Törichtheit hätten James in seinem Alter übermannt, doch ich konnte nicht zweifeln, dass Wild in diesen Wäldern war.

Also marschierten wir los und kamen zu einer Lichtung. Wir lachten noch, als wir auf die Lichtung traten. Unsere Aufregung schien einen Höhepunkt erreicht zu haben, sodass sogar unser schneller Schritt voll Neugier und Freude einem stummen, geschockten Erstaunen wich. Das Schauspiel, welches sich unseren Augen bot, war überwältigend:

Ein Ankylosaurier nährte sich von den Pflanzen auf dem Boden, sein Junges mit ihm. Es ging mir bis zur Hüfte, hatte einen Panzer mit Stacheln auf und besaß zwei schwere Knochen am Ende seines Schwanzes. Wenn er ihn schwang, hätte er uns erschlagen. Zwei Hadrosaurier, etwas kleiner als Elefanten, auf zwei Beinen laufend, mit zwei Vorderpfoten, sie waren Pflanzenfresser, flohen und gaben tiefe Töne von sich, als sie uns sahen.

Der Ankylosaurier blickte uns an, drei Meter Länge, einige Härchen am Bauch, doch wendete sich wieder seinem Essen zu. James hatte nicht gelogen. Wir waren natürlich keine Gefahr für ihn. Auch jetzt brauchte er bloß auszuholen oder sich auf uns zu stürzen und wir würden nie heimkehren. Aber wir waren da, damit unsere Waffen das Tier erlegen sollten. Wir schossen schnell. Und der gequälte Schrei des Tieres war ein Alptraum.

Das Junge aber, ängstlich und allein, wagte niemand zu erschießen. „Es sollte aber auch umgebracht werden. Wir brauchen das

Essen.", sagte Leila. „Außerdem wird er sicher sterben, ohne die Hilfe seiner Mutter.", stimmte ich ihm zu.

„Nein!", rief Karl aus. Er schrie Leila, Michel und mich an: „Bringt ihn nicht um! Er ist doch unschuldig! Lasst ihn in Ruhe!" Er stellte sich vor den kleinen Ankylosaurus, nicht größer als ein Hund und breitete die Arme aus.

„Na, gut.", sagte ich. Da schrie Karl: „Schnell! Duckt euch! Schnell!" Karl rannte schnell weg, der Ankylosaurus neben ihm her. Leila und ich drehten uns um. Fledermäuse, nein, Vögel flogen auf uns zu. So eben erkannte ich noch, dass es Pterodaktylen waren, fliegende Dinosaurier, mit den Flügeln von Fledermäusen und riesigen Schnäbeln mit einer Reihe scharfer Zähne. Geschwind mussten wir uns etwas einfallen lassen. Es waren ungefähr 40 und sie flogen direkt auf uns zu. Ich schrie und wurde von Leila auf den Boden geworfen. Wir pressten uns ins Unterholz und schienen auf einmal im Dickicht zu verschwinden. Wir sahen ein Loch, in dem wir gelandet waren, drei Meter tief. Die Erde war nicht anders als oben, in der Mitte des Lochs lag aber ein Stein. Darauf hatte jemand einen weiteren Stein gestellt und drei Äste in den Boden daneben. Auf dem Stein in der Mitte war etwas eingraviert: ein O und in ihm ein ^. Darauf war etwas Dunkles, es sah aus wie Asche, platziert worden. Doch ich sprang schnell wieder hinaus und sah zu Michel und Karl, die ebenfalls noch draußen waren. Michel landete binnen weniger Sekunden im Schnabel eines Pterodaktylen und Karl hatte den kleinen Ankylosaurus in den Arm genommen, versuchte ihn zu retten, als er am Rande eines Flusses stand.

Wir hatten ihn schon vorher bemerkt und hatten nicht gewusst, wie wir hinüberkommen sollten, die Strömung war zu stark. Doch Karl schien etwas gefunden zu haben. Einen Baumstamm. Wir wollten Karl aufhalten, aber es war zu spät: quer über dem Fluss balancierte Karl vorsichtig darauf, als er fiel und in die Fluten stürzte. Den Ankylosaurus hatte er mit sich in den Tod gerissen.

Die Pterodaktylen flogen hoch in den Himmel, in eine andere Richtung. Ich kam aus meinem Versteck heraus, doch Leila sagte: „Hey! Moment. Bleib hier, Sven! Sieh dir das an, Hyroglyphen! Überall!" Sie zeigte auf die Wand des Loches, in welches wir gefallen waren. Ich sagte aber: Karl und Michel sind tot! Sie sind tot!" Leila schwieg betroffen, zugleich in eiskalter Ruhe, als ob sie das erwartet hätte. Und dann zeigte sie mir die Wand und ich sah es nun auch: In der Erde waren Zeichen zu sehen: Köpfe, grinsende Gesichter, Fische, Dodos, und die Sonne. Dazu Ankylosauren, Triceratopse und tanzende Männchen. Weiterhin Buchstaben, vermutlich. Einige sahen aus wie das „A", das „O" oder ein „+". Sie waren gezeichnet, nicht sehr schmal, die Dicke der Zeichen glich denen meiner Finger. Zudem waren die Zeichen nicht sehr stark hineingraviert worden, doch stark genug, dass sie eine kleine Kohlespur bildeten. Die meisten handflächengroßen Zeichen waren überall in der Wand. Erst ergriff mich der wissenschaftliche Eifer, dann aber die Angst.

Spuren von Menschen, so hoffte ich, denn wenn nicht – und bei dem Gedanken ergriff mich ein heftiger Schauer – was waren sie dann? Und was, wenn sie Kannibalen waren? Oder noch intelligenter als Menschen waren? Ich verspüre noch immer eine Kälte, wenn ich daran denke.

Leila und ich verließen das Dickicht rasch und gingen zum noch nicht ganz erlegten Ankylosaurus. Daher hatten die Pterodaktylen ihn nicht umgebracht, aus Angst. Der Ankylosaurus hatte nämlich einen Pterodaktylos niedergeschmettert. Ich zog das Wesen mit einer Flügelspannweite von 1m 50 mit, dazu half ich Ben beim Ankylosaurus.

Weit schafften wir aber nicht, also gingen wir ins Haus, holten uns Hilfe und trugen den Ankylosaurier zurück ins Haus. Auf dem Weg zurück ins Haus sah ich eine merkwürdige Bewegung in einem Busch. Einer der Zweige erschien mir merkwürdig und dann fiel mir eine abnormale Form vors´ Auge, ein Tier huschte aus dem Busch in die Weiten des Waldes. Es hatte den Kopf einer Schlange, aber dafür zwei Vorderfüße. Dahinter hatte es ca. sechs Schwänze, mit denen er sich vorwärts schlängelte. Es hatte keine Hinterpfoten, aber seine graziösen Bewegungen machten es wieder wett. Es war höchstens drei Dezimeter lang und fünf Zentimeter hoch. Sein Anblick zeigte mir mal wieder die Skurrilität Kereischas.

Den Kopf schüttelnd wendete ich mich wieder dem Rückweg zu. Wir berichteten den anderen vom Tod Karls und Michels und trugen alles vor, was wir gesehen und gehört hatten.

James hielt darauf eine Rede: „Ich weiß. Ich weiß, dass einige von euch zurück wollen. Aber wollt ihr wirklich nun aufgeben? Lasset uns den Tod der Unsrigen würdigen. Mit einem Festmahl, das wir Ben und Sven zu verdanken haben!"

„Tja! Das können sie sich sparen! Ich werde zurück an den Strand gehen! Michel ist tot! Unglaublich. Es ist eure Schuld. Und wer noch gesunden Menschenverstand besitzt, sollte mit mir kommen. Jetzt!", rief Jules, Michels Freund.

Tatsächlich konnte man nicht sagen, dass die Schweden nicht begeistert waren vom Vorschlag, der Isländer hörte ebenfalls gebannt zu, doch Leila sagte bloß: „Gesunder Menschenverstand? Ihr wollt doch nicht jetzt hinausgehen? Nachts! Denkt ihr etwa, diese Kreaturen schlafen jetzt?" Eindeutig verärgert wendete er sich wieder seiner Pfeife zu.

„Leila hat Recht. Wartet bis morgen. Aber denkt dran: Wir werden Tiere sehen, die bisher fast kein Mensch je erblickt hat. Tiere, die seit mehr als 65 Millionen Jahren ausgestorben sind!"

Wir wandten uns dem Fleisch zu, doch Jules sagte: „Da ich ein ungutes Gefühl hatte, als ihr jagen gegangen seid, weil das Fleisch von diesem Orte möglicherweise Krankheiten mit sich bringt, entschloss ich mich, Beeren zu sammeln. Ich legte sie in das Zimmer mit dem Dodo und wartete, dass er sie fraß. Die giftigen würde er nicht essen. Ich werde nun noch einmal nachschauen und die nicht giftigen Beeren pflücken, dies war genau vor unserem Haus.

Einige Minuten später, wir hatten unser Festmahl schon begonnen, kam Jules wieder: „Schnell! Schließt die Türen! Versteckt euch!", rief er, einen Korb voll Beeren, blauen und roten in der Hand. Wir schlossen die Tür, durch die er hineingestolpert kam und sahen sogleich überall an den Fenstern und Gittern die Pterodaktylen, es waren Hunderte. Ihr schrilles Gekreisch tat meinen Ohren weh und ich versuchte, mich zu verstecken, als ich ein Stöhnen hörte. Dassselbe, welches ich hörte, als die Hadrosaurier vor uns geflohen waren. Sie hatten Hadrosaurier gefangen, wie uns schien. Kurz darauf war das Geschrei verstummt und die Pterodaktylen waren weg.

Erleichtert atmeten wir alle auf.

Zögernd nahmen wir unser Mahl wieder auf, es schien weniger eine Fest-, als eine Henkersmahlzeit zu sein. Zudem schmeckte das Fleisch des Ankylosaurier etwas fad im Nachgeschmack.

Jules hatte die ganze Zeit nur Beeren vertilgt.

Auf einmal sagte James: „Oh Jules, ich habe nicht darauf geachtet. Ich kenne diese Beeren. Die sind doch giftig! Der Dodo war bloß immun, wahrscheinlich durch natürliche Antikörperchen."
Täuschte ich mich oder lächelte James? Jules fuhr hoch. Erschrocken setzte er sich auf einen Stein, spuckte die Beeren aus, warf den Korb um und schrie. Nicht vor Schmerzen, sondern aus Wut und Trauer.

Er wurde bald müde und als James seinen Puls zwei Stunden nach dem Einschlafen testete, erkannte er, dass er tot war.

Wir veranstalteten eine Beerdigung, einige Meter vor der Wand des Hauses. Als wir ins Haus gingen, legten wir uns direkt schlafen. Die Müdigkeit übermannte uns trotz unser vorherrschenden Angst.

In meinem Schlummer weckte mich irgendwann jedoch etwas: das Gekreische der Pterodaktylen. Den Geräuschen nach zu urteilen, zogen sie den Leichnam Jules aus der Erde. Ich hielt inne, atmete kaum. Und erst als die schlagenden Flügel nicht mehr in Hörweite waren, atmete ich erleichtert auf. Dann bemerkte ich im Schein der Kerze Leila, wie sie da saß und schrieb: „Was machst du da?", flüsterte ich. Sie schrieb auf einem Zettelchen, dann zeigte sie ihn mir und legte sich schlafen. Es stand geschrieben:

„Zu grausiger Stund kein finstrer Schatten sich wagt zu springen aus des Höllen Schlund. Denn ein noch schrecklicheres Biest entkam den Schlund, dem weiten Moor, dem Dickicht der Toten und sich von den Toten nährenden. Kein Fluch will ihn schrecken, keine Gefahr ließ seine Haare sträuben. Ein einziger Menschenleib zog sich aus dem Schlamm, statt Armen und Beinen die Körper von Nacktschnecken, tausende. Der Körper glitt von Buche zu Fichte, von Busch zu Strauch und wenn ein verirrtes Wolfsjunge oder ein verängstigter Vogel seinen Weg kreuzte, soll es verdammt sein. Es hatte keinen Kopf, aber spürte die Furcht um sich. Und wo es war, war die Furcht. Der unglückliche Wandrer, nicht in Acht genommen trotz der Warnungen der Einheimischen, nicht geflohen, als ihn den Schrecken in seine toten Arme nahm. Das Ding kroch vorwärts, schlängelte und die Nacktschnecken, all die Nacktschnecken, sie trugen es. Der

Wanderer, unselig, nahm einen Ast und schlug auf es, doch da sprang es auf und entblößte seinen Bauch; ein Mund, ein weiter, grotesker Mund, die Lippen von Fischen, ein Klagen grinsend, scharfe Zähne, kein Zäpfchen, eine Zunge jedoch. Es schmeckte all die Angst. Und nicht zu erkennen, selbst nicht bei dem Mondlicht, welches den Schrecken hilflos beobachtete, war das, was sich in dem Mund befand. Oh weh, nichts war grausamer im Blick des Mondes als diese Geschehnisse. Der Wandrer unter dem Körper begraben, an ihm genagt, gekaut, geschmeckt, geschluckt und es war allein der Mond Zeuge geworden."

Ich bekam Angst, ich wusste nicht, was ich von Leila und ihrem Text halten sollte. Doch irgendwann siegte die Müdigkeit. Dann in der Nacht wand ich mich oft aus den Träumen, vom Tode der Mitglieder geschockt und starr vor Angst. Ich versuchte mich selbst mit etwas zu beschäftigen und nahm den Stift und den Zettel und schrieb:

„Der Maler aus Amsterdam

Welch grotesk Bild sich bot, dem Maler aus Amsterdam. Noch zuvor haben die zwei Schwäne getanzt, den Tanz der Liebe auf dem See, still und tief, bis dann der himmlische Chor einen Engel verkünd. Der flog hinunter und hielt den Schwänen die Hand, auf dass sie ihm folgen in das himmlische Reich. Doch eine weitere

Kreatur taucht auf sogleich, der Drache, aus den Wassern ge-sprungen. Saphirblau, schimmernde Schuppen, göttlicher Glanz."

Die Hütte

Am Tag darauf, als die Sonne durch die Gitter schien, die Hellig-
keit hineinbrach und man sich entspannt fühlte, wurde jedem
langsam wieder bewusst, welch Schrecken der letzten Nacht noch
zu verkraften war. Wir fühlten uns alle nicht sehr gut, keiner
konnte gut geschlafen haben. Ich würde immer wieder davon
träumen, immer an den Tod denken, der meine Kameraden ergriffen hatte.

Einzig Leila schien ausgeschlafen und nicht im Mindesten von
den Ereignissen des letzten Tages berührt zu sein. Heute wollten
wir zur „Hütte", wo wir auch bleiben würden, da sie weit genug
im Inneren der Insel lag und von der aus wir Tagesreisen unternehmen wollten. Keiner sprach mehr davon, zurück zum Strand
zu gehen.

Die Gefahr der Pterodaktylen schien uns nicht mehr so gewaltig,
es lag wohl daran, dass ein jeder seine Waffe stets parat hatte.
Wir gingen zu der Stelle, an der Karl abgestürzt war, dem Fluss.

Es sollte nicht schwerfallen, auf die andere Seite zu gelangen. Als
wir alle anfingen, Bäume zu fällen, hatten wir nach einer halben
Stunde eine solide Brücke, breit und lastbar genug für uns alle.

Wir stürzten uns fast blindlings in den Wald hinein, da wir alle der Autorität James folgten, mit solch willensstarkem und genauem, zielgerichteten Blick, der zu wissen schien, wo die Hütte lag. Wir mussten uns dort besonders vor fleischfressenden Pflanzen in Acht nehmen, ein Unterfangen, welches dem Menschen überall sonst auf der Erde erspart bleibt. Einmal legte ich Rast ein, als ich weit hinter der Truppe war. Ich war nicht erschöpft, aber konnte an nichts anderes als an den Schrecken der letzten Nacht denken.

Ich vergoss lautlos ein paar Tränen, bevor ich mich den anderen wieder anschloss. Die anderen waren bleich und ausgelaugt und wir wurden nur durch die folgenden Entdeckungen wieder aus dem Bann der Trauer gezogen: auf einmal war der Wald nicht mehr so dicht wie vorher und wir erreichten die Felder. Blumenfelder voll Farben und Formen. Nicht das aber zog unsere Blicke auf sich; es waren die Dinosaurier: Triceratops, elefantengroße Tiere, mit Helm und drei Hörnern, die seelenruhig Pflanzen fraßen, Velociraptoren, kleine, vogelähnliche Tierchen. Sie schienen nicht fliegen zu können, waren aber dennoch ausgesprochen flink und mit Federn bestückt. Jedoch schienen sie auch einfältig zu sein, wie wir bald bemerkten. Leicht auszutricksen würden wir bei unserer nächsten Jagd einige von ihnen erlegen. Ein Ameisenbär, groß wie ein Pferd schob seine Jungen von einem riesigen

Elch weg, ein Schnabeltier lief aus einem Fluss und floh vor Wasserbüffeln. Wir sahen sogar den Linhenykus, einen Dinosaurier, der nur einen Finger am Arm hatte. Weit hinten, am einzigen Baum auf dem Feld, stand ein Chalicoterium, ein menschenähnliches Säugetier. Es hatte Finger, lief auf allen Vieren, konnte aber für kurze Zeit auf seinen Hinterbeinen stehen. Es biss sich eine Frucht vom Baum ab. Dort sollten wir eine wahrlich interessante Szene beobachten dürfen.

Nun begegnete uns ein Megatheridae. Es war größer als jeder Bär und wenn er stand, war er größer als ein Elefant. Seine Klauen waren lang, scharf und sahen gefährlich aus, doch James unterrichtete uns darüber, dass er ein Pflanzenfresser war. Das mit dem heute lebenden Faultier verwandte Tier stolzierte also aus dem Geäst und legte sich an den Baum, an dem nun das Chalicoterium speiste. Dieses schnappte sich eine Frucht von den Bäumen, die auf einmal auf den Kopf des Megatheridae fiel und ihn weckte. Dieses bäumte sich auf und schlug mit seiner Pranke auf den Kopf des Chalicoterium. Ein Kampf entbrannte und welch hervorragendes Spektakel sich uns bot: das Chalicoterium, welches vermutlich Kämpfe zwischen den Männchen austrug, um sich mit den Weibchen zu paaren, stürzte sich mit seinem vollen Gewicht auf das Riesenfaultier und warf es zu Boden. Das Gewicht war ihm wohl eine Hilfe und mit seinen kräftigen Füßen hatte das Chalicoterium keine Mühen, sich auf das Megatheridae zu springen. Doch dieses nutzte nun seine Klauen grub diese in den Körper des Chalicoteriums, stellte sich hin und begrub ihn unter sich. Damit ging das Riesen-Faultier als Sieger aus. Das Fleisch wurde von all den Raptoren schnell begehrt.

Wir wanderten durch die hohen Hügel und Weiden, bis der Wald wieder auftauchte. All die Tiere, die wir sahen, entsprangen jeder Epoche der Erde, so schien es. Wir sahen einen acht Meter hohen Raptor, einen Gigantoraptor, mit bunten Federn und fabulösen Zügen. Wir versteckten uns ein anderes Mal vor einer Horde Platybeloden, Elefantentiere, deren Rüssel mehr Mund war und neben den zwei kleinen Stoßzähnen hatten sie zwei kräftige Zähne. Uns begegneten merkwürdigerweise immer mehr Paraceratherien, pferdeähnliche, fünf Meter hohe Tiere mit grauer Haut und Hufen, Verwandte der heute so genannten Nashörner. Sie waren furchterregend, beachteten uns aber nicht. Ihre gewaltigen Herden lagen weit verbreitet auf dem Feld, ihre Anzahl nahm aber ab, als der Wald dichter wurde. Erst wirkte er nicht anders, doch der Boden zu unseren Füßen wurde langsam von weniger üppiger Vegetation geschmückt, die Bäume wurden höher und bald wurde uns klar, dass wir uns in einem Eukalyptuswald befanden. Besonders stark in Australien verbreitet, dort jedoch leben Koalas, hier keine. Jedenfalls sahen wir keine.

Unser Erstaunen hielt dennoch an, besonders als wir dann den Tyrannosaurus Rex sahen, am Schlafen. „Es ist kaum zu fassen! Wenn wir einen erlegen könnten...wir müssen unsere jetzige Chance nutzen, wo wir uns in der Verwirklichung des Traums jedes begeisterten Wissenschaftlers befinden.", rief ich aus. Doch da hielt James die Hand vor meinen Mund, gestikulierte zum schlafenden Dinosaurier und signalisierte mir, dass ich ruhig sein sollte. Wir erkannten, dass das Tier tot war und durch ein anderes Raubtier vernichtet sein musste. Nicht wirklich überraschend, die Tiervielfalt dieser Insel ist gewaltig, aber dennoch erschreckend.

James zeichnete die Organe und seine Augen ab und ich aß ein wenig mit Leila. Sie brachte mich gerade auf andere Gedanken, denn ich wurde das Gefühl nicht los, beobachtet zu werden. Sie sagte: „Ich hatte einen Traum. In ihm gab es keine Tiere mehr auf der Erde. Bloß Wasser und Vulkane. Es gab aber noch ein Land. Das war Kereischa. Wir waren dort. Ich glaube nicht an Traumzeichen. Aber ich glaube meinem Bewusstsein und meinen Urinstinkten. Im ganzen Traum über war ich am Leiden. Ist es wirklich eine gute Idee, dass wir Orte betreten, an denen Tiere aller Erdepochen zusammenkommen? Du kennst die Tiere, Sven. Ich muss etwas gestehen. Ich bin in Wirklichkeit keine Hobbywaffeningenieurin." Sie ging fort und ließ mich ratlos stehen, ihre Gestik verriet mir, dass keine Frage Früchte tragen würde.

In den dunklen Labyrinthen aus Ästen über uns sahen wir manchmal kleine Fledermäuse. Als eine davon auf meinen Bauch sprang, hielt ich sie fest. Ich schaute sie mir an und erklärte den anderen, es sei ein Jeholopterus. Etwas kleiner als ein Pterodaktylus, nicht wirklich eine Fledermaus. Der Kopf glich einer Maus und sie hatte große Augen. Ihr Körper war fast vollständig mit Haaren bedeckt. Sie biss mir in den Finger, ich schrie und ließ sie davonfliegen.

In den nächsten Stunden stiegen wir immer weiter bergauf. Der Isländer sagte: „Schau, die Bäume werden dichter, der Weg führt höher und Nebel und Dunst steigt auf. Wir befinden uns längst nicht mehr in einem Eukalyptuswald, eher im Urwald. So hoch wie wir sind, kann man das als Nebelwald bezeichnen. Die Vegetation ist üppig. Aber ich fürchte mich, denn kein Nebelwald wächst ohne Grausamem und Schrecklichem. Es wird so schlimm, dass einige sterben werden."

Er hörte auf zu sprechen und ballte seine Hand zur Faust. Ich blickte verwirrt in seine Augen. Meine Gefühle waren wirr, nachdem er gesprochen hatte. Da stellte James sich auf einen Baumstumpf und sagte feierlich: „Wir sind da! Am Ort, an dem wir die nächsten Wochen Forschungen betreiben werden und all die Wunder Kereischas kennenlernen! Tretet ein in das Tal der

Sanftmütigen!" Und er schob die Sträucher vor uns auseinander, sodass der Blick freigegeben wurde auf eine Talsenke, fast von der Größe einer kleinen englischen Grafschaft, die Bäume, höchstens zwei Meter hoch standen nur vereinzelt auf dem Feld. Es war voller Blumen und Stegosaurier, den Tieren mit den Platten auf dem Rücken, Ankylosaurier und Triceratopsen, schwerfällige Geschöpfe mit einem Schild am Kopf und einigen Hörnern. Die Farbenpracht der Blumen war immer wieder ein Genuss. Es gab sogar zwei Seen. Ich erkannte schnell, wieso es Tal der Sanftmütigen hieß. Ich konnte kein fleischfressendes Tier erkennen, nicht einmal eine fleischfressende Pflanze. Überall herum waren Hügel, ja fast Berge und der bedrohlichmajestätische Wald. Weiter hinten erkannte ich eine Schlucht, die wohl in ein angrenzendes Tal führte. Die Hütte stand nah an einem Bach und war eher ein Haus. Dreistöckig und aus Holzstämmen. Das Haus wirkte stabil, aber alt und seine Fenster hatten nur klappbare Hindernisse aus Holz. Doch wir waren zuversichtlich, dass wir hier besser schliefen als in der Villa. Fürs erste war unsere Reise beendet.

Leben auf Kereischa

Die Hütte war von innen ziemlich geräumig und besaß ein Labor, drei Schlafsäle und ein Badezimmer. Jedoch gab es dort kein Wasser und die Toilette lag über einem Loch im Boden, das einige Meter in die Erde hineinführte. Doch wir hatten auch ein Wohnzimmer mit Kamin, Sesseln und Wandteppichen. In jedem Zimmer standen mehrere Bücherregale, doch nur das im Wohnzimmer besaß einige Bücher. Eine weite Anlage unter dem Haus wurde als Lagerraum genutzt, um Knochen oder frisch geschlüpfte Dinosaurier-Babies aufzubewahren. Es war zu einem Drittel gefüllt. Hätten wir keinen Platz mehr, würden wir voraussichtlich die leeren Regale benutzen. Die erste Nacht war angenehm. Das warme Klima war kein Problem und wir waren sicher vor allen Angreifern. Auch wenn es nur Pflanzenfresser in diesem Tal gab, war es ein gutes Gefühl, zu wissen, dass die Wände völlig vor einem Angriff geschützt waren. Denn innen waren sie verbunden mit hartem Gestein mit schweren, dicken Metallplatten an den Rändern. Die Triceratopse lagen oft genüsslich auf dem Boden, wie Kühe oder Katzen, auch wenn es keine Säugetiere waren.

Im angrenzenden Tal, durch das eine Schlucht führte, gab es einen Wasserfall und ein Wasserloch. Hinter dem Wasserfall befand sich eine helle Höhle, in der wir am nächsten Tag die Leiche eines der Mitglieder aus der ersten von James geleiteten Expedition wieder- fanden. Er war vermutlich verblutet und hatte etwas mit einem Gewehr hinter der Wand aus Wasser erwartet. Der Körper war eigentlich bloß noch ein Haufen Knochen, aber Blut war auf dem Gestein noch zu erkennen. James sagte uns, dass er ihn im Wald aus den Augen verloren hätte.

Das Wasserloch, das durch den Wasserfall gespeist wurde, schien keinen Boden zu haben. Einmal tauchte ich in das kalte Becken mit einer Taschenlampe ein und ich entdeckte keinen Boden nach fünf Metern. In den Wänden sah ich fossile Abdrücke von Seeskorpionen. An den Wänden waren auch ab und zu Tintenfische, sie veränderten ihre Farbe, wenn ich kam. Auch einige Quallen begegneten mir. Aber es war kein Boden in Sicht, nicht einmal, als ich eine Magnesiumfackel hinunterwarf. Sie brannte, doch als sie mehrere Minuten lang aus meinem Blickfeld fiel, schien der Brennstoff leer.

Wir ernährten uns von Enteloden, Vorfahren der Schweine. Ihre hässlichen Grimassen waren furchterregend, noch furchterregender aber war ihre überraschende Aggressivität und nahezu unstillbarer Hunger. Doch sie kamen nicht ins Tal, und wenn, dann wurden sie erschossen.

Eines Nachts wachte ich schweißgebadet auf, von schlimmem Träumen heimgesucht, die Leiche hinter dem Wasserfall sah ich immer wieder vor mir und die drei verstorbenen Mitglieder der jetzigen Expedition. Der verschwommene Traum hatte die Bilder von ihnen gezeigt, bevor sie tot waren, aber sie hatten die ganze Zeit nur „Kereischa" gesagt. Immer wieder und wieder.

Ich blinzelte und dann sah ich im Licht des Mondes ein Tier, das nie aus den Fabeln und Märchen verschwinden wird, ein Einhorn. So fragte ich mich kurz, ob ich nicht doch noch träumte. Doch sogleich ich es gesehen hatte, so verschwand es auch schon wieder.

Am vierten Tag wurde einer der Schweden von einem Stegosaurier gerammt, er brach sich ein Bein. Seitdem hielten wir etwas mehr Abstand zu den Geschöpfen.

Wir skizzierten oft mehrere Stunden lang Tiere, von denen so manches unbekannt war und die Klassifizierung schwerfiel. In Notizbüchern zeichneten wir vieles ab. Auch beobachteten wir das Verhalten all der Tiere. Ob sie in Herden liefen oder Einzelgänger waren, welches soziale Umfeld sie hatten. Oder wie sie angriffen und wie sie abwehrten. Wie sie rannten und wie sie sprangen.

Wir bewahrten kleine Objekte in Glasbehältern mit Flüssigkeit auf, damit sie nicht verwesten. Am fünften Tag, als ich mit Leila durch den Wald schritt, wurde ich von einem Skorpion gestochen. Ich war an den Epiphyten und Sumpfzypressen vorbeigelaufen, als ich einen stechenden Schmerz in meinem Fuß spürte. Der kleine schwarze Skorpion lief eilig davon, James konnte mich in letzter Sekunde behandeln, bevor mich das Gift getötet hätte.

Am sechsten Tag sahen wir mehrere Spinosaurier im großen Fluss, wo Karl verunglückte und ich erschreckende Piranhas sah, mit ihrem gierigen und schrecklichen Hunger auf Fleisch. Mit einem riesigen Maul, einem Rückensegel und Schwimmhäuten sah ein Spinosaurus furchterregend aus. Doch die ständig neue Erkenntnis und Widerlegung bekannter Theorien, von wissentlichem Eifer entsprungen, ließ keinen Platz für Angst. Auch erstrahlte die Pracht der Farben auf den Tieren manchmal schöner, als vorstellbar. Wir besichtigten mehr Norden und Westen. Wir kamen aus dem Südwesten, daher hatten wir ein viel sichereres Gefühl, als wir dort operierten. Im Norden gab es viele Hügel und einige Sümpfe. Abends, wenn die Sonne tief stand und der Horizont seinen roten Schimmer angenommen hatte, kamen Tyrannosauren zum Vorschein, jagten Triceratopse, wagten sich aber nicht ins Tal.

Wieso das so ist, sollten wir später herausfinden.

An einem sonnigen Tag stampfte ein Supersaurus vivinae vorbei. Dieses Tier war von beachtlicher Größe, vier Meter war sein Leib hoch, seine Länge ungefähr 32 Meter. Sein Hals war unglaublich lang und reichte über alle Bäume. Sein langer, peitschender Schwanz stellte eine Bedrohung für uns dar und wir verschwanden wieder, seinen Anblick vergesse ich aber nie.

Die Abgründe Kereischas

Am achten Tag machten wir den ersten Ausflug in die Ostseite. Von dort aus durchsuchten wir den Wald. In ihm befanden sich viele Insekten und je weiter östlich wir gingen, desto mehr Insekten kreuzten unseren Weg. Fliegen und Maden waren überall. Libellen und Schmetterlinge, Kakerlaken und Hirschkäfer. Es fehlte aber auch nicht an Spinnen und Schlangen, deren Erscheinen mir immer wieder einen Schauer über den Rücken jagte. Der Schwede Gustaf sagte auf dem Weg: „Habt ihr das gesehen? Im Geäst, dort!" Und tatsächlich sahen wir in den Büschen etwas Rotes glänzen. Als wir näher traten und die störenden Farne mit unseren Macheten aus dem Weg räumten, blickten wir auf etwas Fantastisches: ein verwitterter, rot-goldener Zug, auf einer alten Schiene! Er hatte viele Fenster und war futuristisch gebaut, mit glatten Rädern und kompaktem Vorderwaggon. Insgesamt gab es sechs Waggons, der dritte, vierte und fünfte hatte ein zweites Stockwerk oben. Lianen und andere Schlingpflanzen wanden sich um die Räder, Farne und Büsche wuchsen inmitten der Schienen und im Zug. Die Strecke ging zu weit, als dass mein Blickfeld die Reichweite ergreifen konnte. Die Bauweise war gänzlich neu, völlig unbekannt. „James!", sagte ich aufgebracht. „Es wird langsam Zeit, einige Erklärungen zu liefern!" „Nun..", ließ James sich nicht lange bitten. „Ich war tatsächlich zweimal auf Kereischa. Einmal, um die Insel zu erkunden. Es gab einige Todesfälle, schließlich ist nichts anderes auf der Insel zu erwarten, aber ich kehrte erfolgreich zurück. Ich hatte diese Expedition wie die folgende den Medien verborgen. Beim zweiten Besuch nach Kereischa waren wir mit zweihundert Leuten dort. Leute, die den Bau der Hütte zu verantworten haben. Ich hatte den Plan, eine Zugstrecke zu bauen, um schnell von einer Seite der Insel zur anderen zu kommen. Sie sollte auch bei den Forschungen helfen. Es war mein Plan, die Insel den besten Forschern zugänglich zu machen und die Leute sollten nicht in ständiger Angst vor der Todesgefahr arbeiten müssen. Denn wir können ja auch nicht sagen, dass unsere Arbeit ungefährlich ist."

„Und warum haben wir dann nicht das alles hier benutzt?", fragte der Schwede Johannes.

„Lasst mich doch ausreden! Ich hätte es ja alles erklärt, nur mit der Ruhe. Es gibt drei große Forschungseinrichtungen. Eine befindet sich auf der Nordküste und ein Fehler in der Elektronik ließ sie abbrennen. Die andere befindet sich viele Meter über uns." James zeigte nach oben, wo ein vom Hügel aufragendes Felsplateau stand. „Zwei Kilometer von dort entfernt. Und die dritte Forschungseinrichtung unter uns in einem verborgenen Höhlensystem."

Plötzlich trat der Isländer etwas weiter nach vorn und lauschte gebannter.

„Jedenfalls sind diese zwei durch den Zug verbunden.", fuhr James fort. Er fährt auch etwas weiter in den Osten, wo eine kleine Hütte liegt, doch mehr ist da nicht. Als wir jedoch das Höhlensystem weiter erkundeten, stießen wir auf etwas Grässliches. Es war mehr eine Schnecke, eine weiße Nacktschnecke."

Plötzlich schien der Isländer aufgeregt, schien jedes Wort James' einzeln zu analysieren. Sein Verhalten war merkwürdig, aber mir war es eigentlich auch egal.

„Es hatte einen kleinen Kopf, nur einen Fühler, wenn es ein Fühler war. Aus seinem Rücken konnten noch mehr dieser Tentakel hinaussprießen. Es bewahrte nicht immer seine längliche Form, wie sie gewöhnlich aussah, sondern konnte sie in die kleinsten Lücken hindurchstecken und wirkte manchmal sogar wie Schleim. Ich glaube nicht, dass es ein Gehirn hat. Es schien ca. siebzig Meter hoch, aber wir haben nie seinen ganzen Körper gesehen. Aber irgendwie...jedenfalls war es kein friedliches Wesen. Es griff nicht an, um satt zu werden oder irgendetwas anderes, es griff einfach an. Alle. In seinen Tentakeln befindet sich wahrscheinlich Gift. Das, wogegen ihr fast alle immun seid. Es verursacht die größtmöglichen Schmerzen, die ein Mensch aushalten kann, ohne zu sterben. Daher starb auch eigentlich keiner. Zuerst. Es steckte den Tentakel in den Mund und dann wahrscheinlich ins Gehirn. Die Leute schrien nicht einmal. Sie schüttelten sich nur, zitterten, aber die Schmerzen waren zu stark. Auch mich erwischte es. Doch als einer meiner Kameraden den Tentakel abschnitt, bemerkte ich, dass ich scheinbar gegen weitere Angriffe immun war. Das Wesen hat alle im Tunnel getötet. Ich fiel in eine kleine Höhle, eher ein Loch. Ich konnte nicht entkommen, hatte furchtbare Angst. In den nächsten sechs Tagen sah ich das ganze Schreckensspiel, ohne etwas dagegen unternehmen zu können. Meine Männer standen unter dem Bann des Schmerzes und dann wurden sie getötet und von dem Schneckenwesen dazu benutzt, es von innen mit Schleim zu füllen. Dieser ist vielleicht dessen Ausscheidung. Aus dem Schleim bildeten sich nach und nach kleinere, weitere Schnecken. Sie überlebten nicht lange an der Luft und blieben immer im Körper der Männer. Sie brauchen einen Wirt im Gegensatz zu ihrem Erzeuger. Mir fiel aber allmählich auf, dass meine Kameraden, in denen unzählige Schnecken leben, noch lebten! In der folgenden Zeit kämpften die Schnecken um den Platz in den Körpern, bis nur eine überlebte. Bei zweien meiner Kameraden kam es so vor, dass auch die letzte Schnecke starb und sie wieder genasen und einer von ihnen half mir hinaus aus dem Loch. Der andere wurde in den Körper der Riesenschnecke gezogen.

Zusammen brachten wir nach und nach unsere anderen Kameraden um, um sie von den Leiden zu befreien. Einen Dolch in den Körper der Riesenschnecke zu stecken, brachte jedoch überhaupt nichts. Als wir aus der Höhle hinauslaufen wollten, bekamen wir panische Angst; wir hatten uns verlaufen. So liefen wir durch die Gänge der Höhle, die wie ein Horrorkabinett waren. Die monstrröse Schnecke war irgendwie überall und hatte Abdrücke auf ihrer Haut in Form von Dinosauriern, Fischen, Säugetieren, all den Tieren, die wir hier sehen. Wenn es keinen Platz mehr hat oder genug Energie von den Tieren und Pflanzen geschöpft hat, dann entsorgte es sie einfach. Das passierte ständig. Und nach jedem Erdunglück entlässt die Schnecke ihre noch lebenden Gefangen direkt an die Oberfläche Kereischas. Sie sterben nicht, sie leben für immer. Wieso sonst sollten die Tiere hier noch immer so aussehen wie vor Millionen oder Milliarden Jahren? Hätten sich die Dinosaurier sich nicht weiter entwickeln müssen? Hier ist die Antwort. All das hier, die Artenvielfalt, die Pflanzenvielfalt, das ganze Ökosystem basiert auf der Schnecke.

Nun, denn, wir liefen zurück und sahen einen der Menschen,

hoch oben an einem Fels, der kurz und abrupt gequält schrie. Er verstummte, aber wir wussten, er lebte noch. Er war in die Embryonalhaltung gekrümmt und die Schnecke, die alle anderen im Körper besiegt hat, hatte sich riesig aufgedunsen und war nun ein Viertel so groß wie er. Wir wollten ihn umbringen und von seinem Leid befreien, die riesige Schnecke jagte uns aber nur umso mehr Angst ein und wir gingen. Wir flohen. Mein Kamerad, in dem mehrere Tage lang Schnecken gewohnt und gegeneinander gekämpft hatten, hatte es psychisch wie auch physisch so stark getroffen. In seinem Körper befand sich immer noch der Schleim. Noch deutlicher war es in der Forschungsstation, denn hier wurde mir die Ansteckungsgefahr bewusst, als alle bis auf ich wahnsinnig wurden, weil sie den Schleim der Schnecken als Blut hatten. Ich konnte es nicht verhindern und musste mit ansehen, wie einer der Betroffenen mit dem Zug in die Forschungsstation auf den Berg dort oben fuhr. So war bald jeder infiziert. Ich begann daher, jeden in den Forschungsstationen zu töten. Und somit auch die Schnecken. Bald tötete ich nur die Schnecken, da die Menschen davon ebenfalls rascher starben und die Infektionsrate geringer war. Wir Menschen sind den Schnecken hilflos ausgeliefert. Sie machen etwas mit den Körpern ihrer Wirte. Die Wirte müssen nichts mehr tun, nicht essen, nicht trinken, nicht schlafen, sie atmen sogar fast nicht mehr. Es ist unfassbar. Nun fragt ihr euch, wieso ich euch erst jetzt davon erzähle. Hätte ich euch von den Forschungsstationen erzählt, wärt ihr dorthin gegangen. Hätte ich euch von den Schnecken erzählt, wärt ihr direkt geflüchtet. Und hätte ich dir zum Beispiel, Sven, im ´Club der toten Löwen` davon erzählt, hättest du mich für verrückt gehalten. Man hätte mir nicht geglaubt und es wären erst Recht Leute nach Kereischa gekommen, wenn sie dachten, die einzige Gefahr dort ist bloß eine irrsinnige Fantasie. Und vielleicht hätten sie den giftigen Schleim mitgebracht aus Kereischa. Es wäre schrecklich, sich vorzustellen, die Schnecken würden nicht auf Kereischa bleiben. Ich habe euch aber nun davon erzählt. Nun meine Bitte, weil es ohnehin zu spät ist: flüchtet nicht! Haltet euch bloß von den Höhlen in diesem Teil der Insel fern. Oder vom Zug, denn ich weiß nicht, ob nicht doch noch etwas Schleim vorhanden ist. Außerdem sind die Ergebnisse unserer Forschungen, die wir damals unternahmen, völlig unkennbar und selbst wenn man etwas retten könnte, ist es gefährlich, sich der Forschungsstation nur zu nähern!" Wir wirkten alle erschrocken.

Bloß der Isländer hatte ein Funkeln in den Augen.

Wir liefen zurück und waren voller Angst, selbst von der Schnecken ergriffen zu werden. Zurück im Tal in der Hütte ging ich zum Isländer. „Hey.", sagte ich etwas verlegen. Der Mann schaute auf, es schien als packe er eine Tasche. „Was ist, Sven?" „Ich habe gesehen, dass du sehr aufgeregt warst, als James erzählte, was bei seinen Expeditionen geschehen ist. Das kann dir keiner verübeln, aber es wirkte auf mich so, als würdest du dich freuen. Dich freuen, dass es hier so ein monströses Schneckenwesen gibt."

Der Mann lächelte. Sein fettiges Haar hatte er sich geschnitten. Als er aufhörte zu lächeln, wirkten die Augen bedrohlich. „Sven, ich verstehe nicht, worauf du hinauswillst. Alles ist in bester Ordnung. Ich bin ebenso geschockt von der Schnecke wie du."

Ich ging wieder.

Isolation

In den nächsten zwei Tagen und Nächten wurden wir von riesigen Zikaden gestört. Sie waren hässlich und sehr groß. Wir verließen die Hütte selten, da die Wesen sonst reinkamen und auch wenn wir ihre beachtliche Größe im Sinne der Wissenschaft zu schätzen wussten, waren es bald zu viele. Sie waren meist 16 Zentimeter lang, was total merkwürdig war, aber uns nicht mehr überraschte. Nicht nach den acht Tagen, die wir schon auf Kereischa waren. Die Anzahl an Insekten nahm am dritten Tag der Isolation drastisch zu, Grashüpfer in 30 Zentimetern Länge und dicke Hirschkäfer, die kleine Vögel aßen. Die Grashüpfer waren am schlimmsten, ihr Zirpen ließ uns nicht schlafen. Oft waren die meisten größer als Katzen. Wir öffneten die Türen gar nicht mehr, denn der Anblick eines Grashüpfers mit seiner dämonischen Größe wird auch jedem Entomologen einen Schauer über den Rücken jagen. Es war diese hässliche Natur, die so etwas bloß auf Kereischa schuf. Die dunklen Wände der Hütte schienen ständig näher zu rücken und Träume waren alle bereits voll von Insekten. Alle Fenster waren von den Vorhängen bedeckt, da der Anblick des Meers aus Käfern verstörend war. An Lebensmitteln sollte es uns nicht mangeln, besonders nicht, da wir zur Not, auch, wenn es abscheulich schien, Käfer essen konnten. Als ich James auf die Krise ansprach, wich er mir immer aus.

„James. James! Sie müssen etwas tun. Niemand hält es noch mit diesen Tieren aus." Seufzend blickte er auf den Boden. „Antworten sie!" „Hör zu. Ich fühl mich nicht gut. Alles wird schon vorübergehen." „Das können sie nicht sagen! Sie haben die Kontrolle über diese Expedition, sie führen sie! Sie haben Verantwortung! Sie sind kein guter Führer, kein guter Mann!"

„Was? Wie...wie kannst du es wagen?! Kritisiere mich ruhig, aber es wird jetzt nicht helfen! Ich hasse diese Insel! Ich hasse sie! Lass mich in Ruhe, ja? Es wird sich von selbst regeln."

Nachdem ich ihm eine Stunde darauf Essen brachte, wirkte er krank und erschöpft. Etwa zu dem Zeitpunkt begann auch der Sturm. Wie grauenvoll es war, das Geräusch von den sterbenden Insekten zu hören. Ihr Leiden und das Knacken ihrer Körper war überall. Es gab kein Zimmer, in das man hätte fliehen können. Ich versuchte vieles, um meine Ohren zu bedecken, aber der Sturm schien zu wollen, dass ich den Tod der Insekten mit anhörte. Am Tag danach hatten sich die Insekten in die vielen Höhlen zurückgezogen. Wahrscheinlich war der Sturm auch dafür verantwortlich.

Ereignisse

Als wir daraufhin die Gegend erkundeten, bemerkten wir eine Veränderung im Berg, eine Höhle war zusammengebrochen. Die Insekten mussten aus ihr geflohen sein, was für den ganzen Trubel gesorgt hatte. Als wir dann zurückgingen, sahen wir etwas im Wald, möglicherweise eine Schlange. Als sich das Wesen entfernte, erkannte ich einen 2,3 Meter langen Tausendfüßler, einen Arthropleura. Ich hoffte, ihn höchstens in meinen Alpträumen wiederzusehen und bekam mehr und mehr das vollständige Bild Kereischas; ein höllischer Ort, an dem die gnadenlose Natur und grässliche Biester heimisch sind. Am nächsten Tag erkundeten wir mehr und mehr die Nordseite, wo wir auf einen großen See stießen mit einer Schildkrötenart, deren Panzer breiter als länger war, möglicherweise eine Henodus Chelyops und eine weitere, die zwei Meter lang war, ich konnte sie in keine Kategorie einordnen. Die skurrilste und groteskeste Schildkröte dort war wohl eine unbekannte, die drei `Hörner` auf dem Panzer und scharfe, gebogene Ränder am Panzer hatte, die wie Schwerter aussahen. Sie war ziemlich groß, 1,5 Meter, und ihr Kopf war vollständig rot.

Im Norden gab es weiterhin viel zu sehen. Wie die Schlangen, die extrem dünn waren, aber dafür manchmal mehr als 40 Meter lang wurden. Ihr Winden und Schlängeln durch Baumkronen, Seen und Steine zugleich zeigte uns die schöne Bildgewalt der Natur und war uns ein vollkommen faszinierendes Schauspiel.

In einer der vielen Höhlen hörte ich ein Bellen. Auf meine Anfrage hin erkundeten wir einige Teile von ihr. Nachdem ich den Weg erleuchtete, fiel mir der Kadaver eines Vogels auf. Unbehagen ergriff mich, doch ich ging weiter. Einige Meter vor mir sah ich ein kleines, zehn Zentimeter großes Wesen. Es hatte graues Fell mit einem ungesunden Ton Weiß und als es mir sein Gesicht mit seinen blinden Augen zuwendete, musste ich mich fast übergeben. Es hatte die Züge eines Hundes im Gesicht, sogar die Form seiner roten, blutenden Nase sah der eines Hundes ähnlich. Sein Mund hatte keine Lippen, so erkannte man sofort die spitze Reihe an Zähnen, von denen viele aus dem Maul ragten. Die Ohren und die Form des Körpers bewiesen eindeutig, dass es ein Tier der Gattung der Hasen war. Es machte ein klägliches Geräusch und verschwand in der Dunkelheit. Ich nannte dieses Tier 'Relisen'.

Als ich mit Gustaf etwas weiter in die Höhle ging, rannte ich davon, aus Angst vor dem Grauen und dem Schrecken. Hunderte, nein Tausende Relisen liefen umher, wie die Ratten, zusammengepfercht, sie nagten von Tieren ihrer eigenen Gattung, manche waren tot, manche noch lebend. Sie hatten alle dieses merkwürdig hässliche und entstellte Gesicht und ich lief davon, so schnell ich konnte. Gefahr schien mir unreal, ich lief eher aus dem Schaudern, welches jedem Menschen bei diesem Anblick überkommen würde. Doch mein Companion Gustaf konnte sich vor Schreck kaum bewegen. Er blickte die Relisen einfach nur fassungslos und gebannt an. Starr wurde er angegriffen von den Relisen, die ihn umwarfen und an ihm nagten. Als Gustaf dann flüchten wollte, hatten ihn die missgestalteten Kreaturen schon vollends unter sich begraben. Mir fiel auf, dass ich die Relisen auch während des Sturmes gehört hatte. Ich rettete mich aus der Höhle. Der Anblick der Relisen, des Blutes und von Gustafs toten Körper war zu viel für mich. Ich übergab mich, auf die Knie gefallen, die Hände auf dem Boden. Der gesamte Mageninhalt entlud sich auf den steinigen Boden. Nur mit Mühe fasste ich mich wieder. Der Schwede hatte einen grausamen Tod erleiden müssen, doch Kereischa bot dies und noch mehr. Am nächsten Tag blieben wir nur in der Hütte, um uns mal zu entspannen und nicht in ständiger Todesangst schweben zu müssen. In der Hütte zu bleiben, tat uns allen gut und keiner hatte etwas dagegen. Auch verkrafteten wir so den Tod von Gustaf besser.

In den Trümmern

Belanglosigkeiten wie die Säuberung der Hütte von den Überresten erdrückter Insekten oder die Beschaffung neuer Teepflanzen, welche auf dieser Insel immer wieder ein entzückender Genuss waren, wurden fürs Erste verschoben, Grund dafür war nämlich meine überraschende Entdeckung im westlichen Walde. Um mir ein Überblick vom Zorn des Sturmes zu machen, hatte ich einen Hügel erklommen. Zu meiner Rechten befand sich das Tal, hinter mir waren irgendwo die Supersauren, vor mir die Wälder, welche sich bis in das Blickfeld zu meiner Linken zogen. Denn dort floh die Hügellandschaft bereits vor dem dichten Wald, aus dem manchmal die Sonnenstrahlen auf der Schiene in mein Auge aufblitzten. So sah ich aber links, wo die Hügel endeten, rote und silberne Trümmer, Metallteile. Was wäre ich für ein Abenteurer, ließe ich sie dort ohne Weiteres liegen! Ich rief Leila, welche mich begleitet hatte. Sie hatte ein Fernglas und erkannte eine weitaus größere Menge an Roten oder silbernen Teilen. Erst wollte sie den Anderen Bescheid geben, doch ich hielt sie davon ab, wofür zu großem Teile James und des Isländers merkwürdiges Handeln Verschuldung trug. Während ich und Leila den mysteriösen Objekten näherkamen, wurden jene immer klarer und die verschaffte Klarheit lieferte Indizien darüber, dass es sich bei den Gegenständen um Trümmer handelten. Trümmer, die einst wohl einer der Forschungsstationen gehört haben müssen. „Leila! Wir sollten vielleicht nicht näherkommen. James warnte uns davor. Hast du denn keine Angst vor den Schnecken?" „Gewiss...aber wir sind uns längst nicht sicher, ob dort noch Schnecken sind. Und der Sturm mag sie fortgespült haben." „Leila! Das sind keine gewöhnlichen Schnecken! James hätte Wasser über sie geschüttet und sie dem Tode überlassen, wenn es so einfach wäre!"

„Na, dann sollten wir aber aufhören, diese Wesen Schnecken zu nennen."

„Freilich."

„Ich werde gehen, ob du mich nun begleitest oder auch nicht. Es wird mich kaum stören.", sagte Leila und wanderte weiter. Sie erreichte die ersten Trümmer und ich entschied mich darauf, ihr zu folgen. Entbrannt von meinem inneren Entscheidungskampf rannte ich ihr nach. Glücklich über meine Entscheidung blieb Leila stehen und gewährte mir doch noch etwas von ihrem Stolz. Ja, die Schnecken würden sicher nicht zu viele und die Trümmer ständig anwesende Waffen sein, falls die Schnecken überhaupt angriffen. Vorsichtig kraxelten wir unbeholfen, da der fehlenden

Ausrüstung, eine fast steile Granitwand hinunter. Die Trümmer, rot und Silber, bedeckten den ganzen Boden. Er war komplett übersät von Wänden und verrostetem metallenem Mobiliar, dieses ähnelte stark dem eines Laboratoriums. Am eindrucksvollsten wirkte aber die Halle. Sie zeugte von der ehemaligen Größe der Station und war an der einen Seite halb aufgerissen und zerstört, überall sonst mit der zum Wald gerichteten Seite war sie noch in gutem Zustande, wirkte, als wäre der Grundstein erst gelegt, nachdem ich die Insel betrat. So weit gekommen, brachen wir unsere Erkundung nicht ab und wagten uns in die dunkle Halle. Sie war einst dreistöckig, doch davon war kaum mehr etwas zu erkennen. Die meisten Trümmer waren ins Erdgeschoss gefallen und der erste Stock war daher nicht mehr als ein Schuttberg. An den Wänden war zu erkennen, dass sich dort einst Räume befunden hatten, doch bis auf Überreste der Wände waren nichts als glatte Wände und Schimmel zu finden. Es schien so, als hätte jemand die Halle geschüttelt, bis alles hinuntergefallen war.

„Hier ist wohl nichts, Leila. Neugier scheint umsonst sein zu können." „Du beklagst dich über nichts? Besser als Schnecken, oder?" „Natürlich!", antwortete ich lachend.

Leila setzte sich auf eine alten Stuhl in den typischen Farben Rot und Silber. Ich nahm ebenfalls Platz, auf einem Tisch, dessen Farben nun wohl nicht genannt werden müssen.

„Denkst du, wir sollten der Welt hiervon erzählen?"

„Was? Wie ist das gemeint?"

„Die Größe der Insel macht eine vollständige Überwachung schwer möglich. Falls man erst über die Schätze dieses Ortes weiß, wie viele Räuber werden wohl kommen? Und Räuber sind nicht etwa Piraten, es sind alle, die hier rauben. Die Lebewesen hier sind die letzten ihrer Art, auf dem ganzen Planeten! Und die Erzählungen über die Schnecken werden niemanden von hier fernhalten, man wird einen bloß auslachen, doch mindert das keine Gefahr! James hatte vor, einen großen Zaun um die Insel zu bauen. Doch ein Zaun erregt doch umso mehr Aufmerksamkeit und auch James´ Möglichkeiten sind um des Geldes Willen begrenzt. Es sind Schurken, die kommen werden und die Tiere hier jagen werden, seinen sie friedlich oder nicht, es ist ihre Natur!"

„Also glaubst du, wir sollen die Wunder der Insel zu ihrem Besten geheim lassen? Doch wie egoistisch ist das denn? Wir dürfen uns ergötzen, der Rest der Welt nicht? Aber natürlich...allein unser Auftreten war nicht zum Besten der Tiere hier! Ja, nicht nur für die Wissenschaft, auch für unseren eigenen Bedarf musste so mancher Kopf rollen."

„Willst du also zugeben, dass das Geheimnis der Insel gewahrt werden soll?"

„Ich hege noch einigen Zweifel, bin mir aber über die Notwendigkeit einer solchen Maßnahme bewusst."

Lange Zeit geschah nichts. Die Sonne küsste den Horizont. Die Momente vergangen nahezu ereignislos, seltene Momente auf Kereischa.

„Sven.", sagte Leila, während ihr das schwarze volle Haar anmutig über die Schultern fiel. Sie blickte mir in die Augen. Ihr Gesicht war dem meinen näher gekommen. Sie fuhr sich mit der Zunge über ihren Mund. Ich wusste zunächst nicht, was ich tun sollte. Der Moment erschien mir surreal, ich meine, wir waren auf Kereischa, immer noch – wie in jedem Moment – in höchster Lebensgefahr. Doch sie streichelte mir sanft übers Gesicht. Dann erwiderte ich ihre Zärtlichkeit mit einem Griff um ihre Hüfte, vergaß alles um mich herum, langsam schmiegten sich unsere Körper aneinander. Ich berührte sie zärtlich, spürte ihre nackte Haut. Ihre dunklen Augen schauten mich an, ich kam ihr näher und küsste sie. Unsere Zungen umarmten sich, perfekt umschlungen, Liebende im richtigen Moment. Wir liebten uns, bis wir atemlos waren. Doch nur ein kurzer Moment der Ruhe war uns danach gewährt. Denn auf einmal bebte die Erde. Aus den Wäldern schienen irgendwelche Kreaturen zu kommen. Große, wie es den Anschein hatte. Als dann aber Baumstämme zwei schwarzen Armen wichen, je drei Meter breit und an einem verkümmerten schwarzen Rumpf endeten, war klar, dass es bloß ein Wesen war. Die Arme hatten zwar Hände, aber der Körper wirkte wie der einer Spinne. Die Hinterbeine waren ebenfalls Arme und wie die vorderen Arme hingen die Ellenbogen außen, sodass dass Innere einem Drachen glich. Das Wesen bewegte sich wie eine Spinne und war fürchterlich stark. Jedoch war klar, dass das keine Spinne sein konnte, Spinnen hatten acht Beine und sie hatten Augen, aber keine Hände. Oder?

Eins war aber klar, man musste schnell die Flucht ergreifen. Das Wesen sprang hervor und der faltige Rumpf machte erschreckende Geräusche. Ich kann nicht sagen, wie hoch das Wesen war, die Aufregung und Angst ließe mich zu hohe Schätzungen machen. Oder zu niedrige? Schließlich war die Kreatur höher als die Halle, in der ich und Leila saßen. Nun, wir saßen dort nicht mehr, wir rannten um unser Leben und fürchteten um dies! Und wir stoppten nicht, als wir das Tal erreichten und erst in der Hütte fanden wir Sicherheit. Die Halle hatte ausgesehen, als hätte sie jemand geschüttelt und wenn dem so war, dann konnte nur ein

Wesen so etwas ausrichten. Doch auf Kereischa wusste ich nicht, ob nicht doch noch andere Wesen dazu imstande wären. Erstaunlich, dachte ich, nicht das dominierende Tier zu sein.

Tod

In der regnerischen Nacht hatte ich einen Traum. Es war die letzte Nacht, in der mich die Ereignisse noch quälen würden. Ich war es nun, der in den Körpern von den nun verstorbenen Mitgliedern der Expedition steckte. Erst wurde ich als Karl von den Pterodaktylen gejagt und fiel dann die Wasser hinab, ein Ankylosaurusbaby in der Hand. Dann verblutete ich als Mitglied der anderen von James geführten Expedition nach Kereischa. Ich hatte Angst vor etwas Unbekanntem, versteckte mich vor etwas hinter dem Wasserfall. Ich konnte nicht sagen, was es war, da befand ich mich schon in einem anderen Körper. Ich, Michel, wurde von gierigen Pterodaktylen verschlungen. Erst wollte ich fliehen, als ich dann aber schrecklichen Schmerz verspürte, wollte ich nur noch Erlösung. Dann war ich Jules. Meine Gewissheit, dass die Beeren, die ich aß, nicht giftig sein sollten, zeigte mir meine Naivität. Ich sollte sterben in Schande. Krämpfe! Ich spürte die Krämpfe und wünschte mir, nicht mehr Jules zu sein, doch ich blieb Jules und dann wurde ich nach draußen geworfen. Die Kälte umfasste meine Glieder und gierte nach dem Tod, mit meinem Willen dabei. Dann kamen die Pterodaktylen und ich wurde Stück für Stück in das Maul von ihnen geworfen. Ich landete in einem riesigen Magen und sah die anderen, die gestorben waren. Ich war Gustaf und die anderen Toten waren nicht mehr da. Dann kamen die Relisen, die Mischung aus Ratten, Hunden und Hasen und jedem Teufel, den je eine Religion dieses Planeten hervorgebracht hat. Ich starrte sie an, dann spürte ich ihre Zähne, das letzte, was ich sah, war ihr schrecklich entstelltes Gesicht. Wieder packte mich der Brechreiz und davon bin ich erwacht. Ich lief nach draußen, musste die letzten Reste, die ich am Tag zuvor noch zu mir genommen hatte, wieder ausspucken. Ich wusste nicht, wie lange ich es hier auf der Insel noch aushalten konnte, wenn überhaupt. Aber egal, wo ich war, ich würde immer wissen, dass ich schuld gewesen war. Am Tod von Gustaf. Ich wollte die Höhle erforschen, leider unbedacht! Die Neugier, des Menschen Freund wie Feind, hatte Gustaf umgebracht! Mich wird nie der Gedanke retten, dass ich nicht gewusst hatte, dass in den Höhlen Relisen lebten. Aber dennoch wird der Tod von Gustaf immer mein Verschulden tragen. Meine Tränen fielen wie der Regen, welcher immer heftiger fiel, sodass ich wieder hineinging. Die Angst davor, einzuschlafen und wieder schrecklich zu träumen, hielt mich jedoch nicht länger als eine halbe Stunde wach.

Höhlen

Die ersten Morgenstrahlen brauchten mich nur kurz zu treffen, um mich aus meinem unruhigen Schlaf zu holen. Der Tag war neu, frisch, ich hatte keine Schuldgefühle mehr, wie in der vorigen Nacht, was besorgniserregend, dafür aber nicht minder befreiend war. Ich hatte ein besseres Gefühl und mein Schrecken war völlig verflogen. Es war vermutlich ungesund, nichts mehr zu den Toden der Mitglieder der Organisation zu spüren. Doch was sollte mich das kümmern, Kereischa musste meine volle Aufmerksamkeit bekommen. James' Rat, nicht die Höhlen im Ostteil zu besuchen, wurde von uns gern beherzigt, bis der Isländer den Ostteil mehr unter die Lupe nahm und wir plötzlich etwas Menschenähnliches sahen. Es war ein Ausflug, um die Umgebung zu verzeichnen, der Isländer machte diesen Teil der Karte. Die Regenfälle der letzten Nacht hatten die Gegend feucht gemacht und die Nässe war kein Problem, aber wir kamen kaum vorwärts. Ständig hielten wir inne, um die Schönheit der Landschaft mit dem Glitzern der Sonne in den Tropfen des Regens auf Blättern und in den Bäumen zu beobachten und Tiere, die wegen dem Regen aus ihren Behausungen hinauskrochen. Bald kamen wir zu dem Zug, an dem James uns seine grauenhafte Leidensgeschichte vorgetragen hatte, an dieser Stelle sahen wir merkwürdigerweise wieder etwas Menschenähnliches. Es bewegte sich etwas im Gebüsch. Als ich näher trat, sprang es weg, in den Wald hinein, nur der Isländer und Leila und ich, die mitgekommen waren, sahen es. Es hatte Füße, die denen der Affen ähnelten und sein Kopf hatte ähnliche Konturen wie die der Menschen. Er hatte eine menschliche Nase, der Rest des Gesichts ähnelte aber dem eines Primaten. Mehr konnte leider keiner von uns erkennen, die Gewächse verdeckten den Blick. Als dieses Wesen aber davonlief, sahen wir alle dieses Rückensegel, rot und in den Himmel aufgerichtet. Es machte uns zu schaffen, Rückensegel hatten nur wenige Tiere. Mir waren zwei bekannt, die völlig unverwandt miteinander sind. Der Dimetrodon, mehr mit den Säugetieren verwandt, es hatte vor den Dinosauriern existiert und der Spinosaurus, ein Dinosaurier, der in Seen und Flüssen lebte, zwei anmutige Geschöpfe. Seine Ähnlichkeiten zu Menschen hatten uns in ein stilles Schweigen versetzt. Unser Staunen wurde noch größer, als der Isländer etwas aufhob. Es war ein Stein, dessen Enden niemals durch Natur hätten entstehen können. Ein Ende war spitz und dick, das andere bestand aus zwei Stäben, in der Mitte war ein kryptisches Schriftzeichen eingeritzt worden. Die Dicke der kleinen Stäbe brachten Leila und mich zur Annahme, dass damit die Schriftzeichen im Loch in der Erde gezeichnet worden waren, in dem wir uns vor den Pterodaktylen versteckt hatten. Und wir waren so umso erstaunter. Ich setzte mich auf einen Baumstamm und sagte: „Ich kann es kaum glauben. Das ist doch wundervoll. Wir sind nicht die einzige intelligenten Tiere hier. Ich habe gedacht, Kereischas Überraschungen können nicht mehr größer sein! Ach - welch Irrtum! Sie haben Schriftzeichen gemalt, das zeugt von mehr als bloßer Intelligenz, es zeigt, dass sie damit auch etwas anfangen! Ich hoffe, wir werden vor unserer Abreise noch die Religionen und Mythologien erleben, wie wundervoll!"

„Sven,...ich weiß, du bist enthusiastisch und auch ich würde gern mehr über diese Wesen in Kenntnis bringen, aber sie können gefährlich sein! Sie haben Waffen, das wissen wir nun und wenn sie Religionen haben, was sind das denn für Religionen? Es gedeiht nur wenig Friedliches auf dieser Insel! Die Ureinwohner Neuguineas sind doch das beste Beispiel dafür, was auf uns zukommen kann!", sagte Leila.

Aber der Isländer sagte: „Leila, bis du dir sicher, dass du aus Angst die Wissenschaft im Dunkeln tappen lassen willst?" "Nun...Nein. Nein, ich will mich nicht von Furcht unterkriegen lassen.", bekam er zur Antwort. „Und außerdem haben wir Waffen, die weitaus nützlicher sind als deren primitive Steinwerkzeuge! Ich weiß ja nicht, wie ihr das seht, aber die Höhlen sind möglicherweise der perfekte Raum zum Überleben für die Wesen. Die Höhlen bieten genug Sicherheit und ich schlage vor, wir erkunden sie."

„Was?", riefen Leila und ich wie aus einem Munde. „Das ist absurd!" „Völlig schwachsinnig!" „Lebensmüde!" „Ohne mich!" „Beruhigt euch! Ruhig!", rief der Isländer. „Die einzige Gefahr, der wir uns bewusst sind, sind die Schnecken, aber einen Beweis für ihre Existenz außer den Erzählungen James´ haben wir nicht."

„Ich weiß ja nicht", sagte ich missmutig. Doch bald schon war ich überredet worden.

Unter der von mir gestellten Bedingung, dass wir nicht zu sehr ins Innere der Höhlen eindringen sollten, machten wir am nächsten Tag eine Besichtigung. Nur Leila, der Isländer und ich gingen unter falschem Vorwand, dem Verzeichnen der Karte, an die Stelle, wo der Zug stand. Wir hatten vor, den Gleisen zu folgen. Bevor wir losgingen, wagten wir einen Blick ins Innere des Zuges und seine rote, lederne Polsterung, verziert mit braunen und weißen Tierfellen, sie wiesen keine Spuren von dem Schneckenwesen auf. Einzig Schimmel, Risse, aggressive Vegetation und all die anderen Spuren, die Natur und Zeit hinterließen, brachten uns dazu, die Waggons zu verlassen. Nachdem wir bloß zwei

Stunden lang durch den Wald gelaufen waren, kamen wir zu einer spitzen Ansammlung von Felsen, und sahen vor uns eine steile Felswand, deren raues Äußeres in Gänge und Löcher hinüberging, die uns zeigten, dass wir an den Höhlen angekommen waren.

Wir gingen einfach vorwärts, in den Gang einer Höhle und solange keine Abbiegung auftauchte, machten wir uns keine Sorgen, uns zu verlaufen. Allmählich ging die Höhle in eine Tropfsteinhöhle über und der Gang wurde breiter und höher. Pfützen wurden häufiger und steinerne Säulen, Basaltsäulen ähnelnd streckten sich über zehn Meter hoch. Mal sahen wir Frösche und Grillen, auch Spinnen sollten uns nicht fremd bleiben. Das Zirpen erhallte manchmal gewaltig, doch auch dieses verstummte, als wir weiter ins Innere Kereischas eindrangen. Weiße Grillen, Kellerasseln und Tausendfüßer wichen den Lichtern unserer Taschenlampen und den knirschenden Geräuschen unserer Stiefel auf Steinchen und toten Insekten aus. Dieser Teil der Insel wies ab und zu Fossilien auf, die mich daran erinnerten, wie unnötig die Suche nach Fossilien bald sein würde, da Kereisha doch all die lebenden Exemplare barg.

Nach mehreren Stunden Suchen gingen wir wieder, zwar enttäuscht darüber, dass wir kein Anzeichen von Zivilisation gesehen, aber auch erfreut darüber, dass wir kein Schneckenmonster gesehen hatten. James und Johannes hatten währenddessen einen Kampf zwischen einem Jaguar und einen Scleromochlus taylori erlebt. Das sind kleine, mit Flugsauriern verwandte Dinosaurier, deren Vorderbeine fast so groß sind wie deren Hinterbeine. Sie hatten Flughäute und sprangen schnell und den Jaguar schnell und präzise an, versagten aber gegen die Kraft der Katze.

Am folgenden Tag sollten wir wieder aufbrechen, wieder mit dem Vorwand des Vermessens, Verzeichnen und Kartographieren des Gebietes. Leider begann ich des Nachts den Fehler, ich sprach den Isländer auf unseren bevorstehenden Ausflug an: „Ich bin mir nicht sicher, ob wir wirklich hinter dem Rücken der anderen eine Erkundung vornehmen sollten. James wird erzürnt sein, wenn er davon Wind bekommt, aber auch so werden Spannungen herrschen, wenn wir lügen müssen." „Beruhige deine Gemüter, mein Freund. Wir zeichnen ja weiterhin die Karte!", antwortete der Isländer im Halbschlaf im seinem Schlafsack.

Für einen Mann wie mich, dem Lügen und Heucheln unangenehm ist, mehr aus moralischem Sinne, war dies keine zufriedenstellende Antwort. Doch die Müdigkeit und seine gelassene Art beruhigten mich. Ich wäre eingeschlafen, hätte James nicht mitgehört und mit bedrohlicher Stimme gefragt: „Was haben die

Gentlemen denn noch außer dem Kartographieren vor? Und lügt oder leugnet nicht, das ist besser für alle!" Seufzend setzte sich der Isländer auf und ich weckte Leila aus ihrem Schlummer. Verstimmt berichteten wir von unserem Vorhaben und den Geschehnissen des vergangenen Tages. James hatte eine ernste, nachdenkliche Miene angenommen, der Schwede Johannes interessierte sich nur wenig dafür. James sagte schließlich: „Ihr müsst diese Gefahr ernst nehmen! Ich denke mir nichts aus!"

Stille erfüllte das gesamte Tal, die stille, dunkle Nacht verdunkelte die Atmosphäre deutlich. Aber James fügte hinzu: „Jedoch..."

„...wissen Sie es nicht genau!", vermutete ich.

„Nein! Nein! Verdammt! Es gibt dieses Schneckenwesen, verstanden! Ja?" James beruhigte sich wieder. Mit noch immer bebender Brust sagte er: „Ich habe alle Leichen beseitigt. Und solange wir das Schneckenwesen nicht sehen, sind wir außer Gefahr. Trotzdem sollten wir vorsichtig sein. Ich bin mir sicher, wir alle sehen ein, dass es eine wichtige Priorität wär, intelligentes Leben auf Kereischa zu finden. Angst kann oft eine bremsende Angewohnheit sein. Lasst uns gemeinsam am gemeinsam folgenden Tage aufbrechen, wir werden jedoch höchstens fünf Tage lang die Höhlen erkunden."

Eigentlich hätte ich entspannt sein sollen, dass wir kein heimliches Spiel mehr spielten, aber die Höhlen machten mir Angst. Der nächste Tag war trüb, es regnete nicht, aber Wolken verdeckten ständig die Sonne. Die Höhle, die wir uns aussuchten, war nah an der Forschungseinrichtung, in die uns James führen wollte. Wir kletterten durch einen schmalen Durchgang, der von Moos bewachsen und von Farnen bedeckt war. James war sichtlich erregt und die Besorgnis sollte nicht von seiner Miene weichen. Als wir uns vorsichtig durch einen Gang wagten, Lampen den Weg erleuchtend, stießen wir auf eine rote Lackierung an der Wand. Ausgelegte Lampen an der Decke der Höhle, die zwar nicht leuchteten, uns aber den Weg wiesen, zeigten etwas von Menschenhand Erbautes. Schließlich erreichten wir eine Glastür. Alle, Leila, der Isländer, Johannes und ich waren glücklich darüber, James aber war sichtlich unwohl, was verständlich war. Tatsächlich könnten die Umstände James´ Laune niemals verbessern. Und auch ich wusste nicht, ob es nicht doch noch Schnecken geben könnte.

„Freunde! Haltet ein.", sagte James, bevor wir durch die Glastür gingen. „Es gibt diese Schnecken......gebt Acht! Wenn einer infiziert ist, lasse ich nicht zu, dass er Kereischa je verlässt. Ich gebe auch Apell an euch. Werde ich infiziert sein oder hat eine Schnecke Besitz von mir ergriffen, dann erschießt mich! Köpft mich! Tut alles, aber lasst mich nicht am Leben! Wenn uns eine Schnecke hinter dieser Tür erwartet, wenn sie noch lebt, dann wird sie uns töten!" Mit diesen ermutigenden Worten gingen wir in die Höhle hinein. Als ich die Tür hinter mir schloss, sah ich wieder die kryptischen seltsamen Zeichen an der Wand eingeritzt. Sie hatten dieselben Merkmale, wie die in der Grube, in die wir gefallen waren.

Der Raum war wundervoll! Die Wände waren mit Wandteppichen verziert; der Boden, weiß und unbefleckt von der Außenwelt, schimmerte hell. Der ganze Raum war durch verschiedene Lampen erhellt worden und James erklärte uns: „Ich habe einen Mechanismus entworfen, durch den die Stromquelle niemals versiegt. Es ist teuer und man benötigt bestimmte Elemente dafür, welche seltener sind als jeder Diamant. Für das Festland hatte ich nicht genügend Materialien mehr, doch hier funktioniert der Mechanismus, wie ihr seht. Ich kann es euch später erklären, wenn wir den Maschinenraum sehen!" Voller Ehrfurcht gingen wir durch verschiedene Gänge, besichtigten Schlafsäle, eher große Wohnungen und gelangten in das riesige Wohnzimmer. Bärenfell lag auf dem Boden, Jagdtrophäen von Dinosauriern und anderen Tieren dieser Insel waren überall. Der Kopf eines Mammuts stand am Eingang, vier Sessel und drei Couchs, eine davon ledern, die anderen rot verziert und mit Tierfellen furioser Farben gepolstert.

Die große Besonderheit aber war das Aquarium über dem Kamin. Eine metallene Treppe führte über den Kamin auf ein Podest, welches durch ein Geländer gesichert wurde. Von dort aus sah man durch ein Glas in ein Aquarium. Erst bei genauerer Betrachtung aber bemerkte ich, dass man eigentlich in einen unterirdischen See blickte. Er wurde von innen durch Lampen beleuchtet, wodurch der See in Farbe erschien. Die Höhle, in der sich der See befand, war nicht vollständig unter Wasser. In einem Fenster über dem Glasdurchblick auf den See konnte man erkennen, was über dem See war. Faszinierende Geschöpfe hatten sich an die Bedingungen der Höhle gewöhnt und es waren vor allem kleine Krabben, Krebse, aber auch große Tiere. Erst fiel es uns nicht auf, aber manchmal erhaschten wir Blicke auf Killerwale und Ichtyosaurier. Sie sind Delfinen ähnlich, haben aber eine längere Schnauze und spitze Zähne. Es war mir ein Rätsel, wie sie in einer solchen Höhle leben konnten, bis mir der Gedanke kam, dass es natürlich einen großen Eingang aus anderen Gewässern Kereischas in die Höhle geben könnte.

Das Glas war zum Teil von außen von Muscheln bedeckt, die Sicht war davon jedoch nur wenig verdeckt. Die zum Glasfenster gerichtete Wand war zu einem Halbkreis gebaut worden und riesige Bücherregale säumten sie. In der Mitte war ein großer, drehbarer, leuchtender Globus, dessen Tiefen und Berge reliefartig eingearbeitet waren. Die Besonderheit war, dass die Insel Kereischa rot auf dem Globus leuchtete.

In der rechten Wand befand sich eine weitere Tür, die in ein Laboratorium führte, dessen Chemikalien nicht vorhanden waren und dessen Funktion sich nicht bestimmen ließ. Auch sah ich einen Fonografen und spielte ihn ab:

(Hysterisches Gelächter, weicht tiefen Schluchzern, Geräusch von Relisen im Hintergrund)

„Vor nicht allzu langer Zeit lebte ich noch in Paris...ich hatte eine Freundin, sie wartet sicherlich noch auf mich. Was, wenn ich sie wiedersehe? Pah...ich habe die Hoffnung aufgegeben. Es heißt, die Hoffnung stirbt zuletzt. Was ist dann sonst noch gestorben? Hm? Ich wurde unter der Hand James Mejvalls hier eingestellt. Ich wurde in diese Forschungseinrichtung gebracht und es schien mir wahrlich wie der Himmel, für mich, einen Paleontologen, auf Kereischa zu arbeiten...doch will ich meine letzten Stunden nicht am Fonografen verbringen, sondern mir einen Whiskey einschenken...auf den Tod..."

Wir liefen schweigend weiter durch die Einrichtung.

Ich fragte James: „Der Eingang, durch den wir gekommen sind, ist das der einzige?" „Ganz und gar nicht, doch die anderen sind zu weit entfernt und vielleicht vollständig verschüttet."

Schließlich zeigte James uns den Weg ins U-Boot und wir stiegen erwartungsvoll ein. Doch es war schon lange nicht mehr genutzt worden und wenn Zeit auf Kereischa an etwas nagt, soll es nicht mehr lange währen. Es wäre eine Lüge gewesen, zu behaupten, man hätte keine Angst vor der Fahrt durch den unterirdischen See.

James gleitete das U-Boot aber vorsichtig hinaus und wir bestaunten das Kunstwerk der Natur, die Fische, bunt in allen erdenklichen Farben, Formen, die absurd und grotesker nicht sein konnten und wundervolle Quallen. Sie waren deutlich größer als jede bis dato bekannte Quallen und sie tanzten himmlisch schnell durch den See. Ihre langen und unzähligen Tentakel verhießen Grauen, lenkten aber nicht von der Schönheit und Anmut ab. Ein Rochen erschien und Tintenfische, kleiner als gewöhnlich, wechselten fröhlich ihre Farben und tanzten auf den Steinen und am U-Boot. Als wir wieder andockten, hatten wir uns alle von den Grauen der letzten Tage beruhigt. Und noch immer hatten wir nicht alles gesehen.

So besuchten wir eine exklusive Halle, die voll war mit Präparaten der verschiedensten Tiere. Ein ausgestopfter Tyrannosaurus war gegen all die göttlichen Fische und Säugetiere und anderen

Dinosaurier bloß ein langweiliges Dekorationsstück. Wir hätten noch mehr erkundet, doch dann geschah eine unerwartete Wendung. Der Boden bebte, ich rannte zu den anderen, fragte was los sei, bekam aber keine erklärende Antwort. Plausibel war nur ein Erdbeben! Johannes schrie und ich sah, wie ein Stein auf ihn fiel und ihn zerdrückte. Dann krachte der Boden ein und wir fielen in der Dunkelheit in irgendeine Höhle. Die Trümmerteile, die weiter fielen, veranlassten uns dazu, tiefer in die Höhle zu rennen. Wir rannten und rannten und orientierten uns am Keuchen der anderen. Bald schon umgab uns nichts anders als Schwärze.

James sagte keuchend, dass wir anhalten sollten. Wir wussten erst nicht, was zu tun war, Leila hatte ihr Feuerzeug aber parat und beleuchtete die Umgebung. Der Isländer sah sich die Wände, die uns umgaben, genauer an.

„James? Ist das...eine Schnecke?" James vom Feuer beleuchtetes fahles Gesicht wurde von Schrecken umfasst und mit schwacher Stumme bejahte er: „Das ist ein Teil *der* Schnecke. Wir müssen sofort weg. Sofort."

Leila trat näher und streckte ihre Hand aus, um die Schnecke zu berühren, James schrie jedoch hysterisch: „Nein, tu das nicht, nicht berühren!" Er sprang vor und schlug Leilas Hand weg, berührte mit seiner eigenen aber die Schnecke.

Alle verstummten. James flüsterte: „Ich habe sie berührt. Unglaublich. Aber ich glaube, ich bin immun dagegen. Ich glaube, ich bin immun dagegen. Wir müssen sofort verschwinden."

Wir wollten in die Richtung gehen, aus der wir kamen, aber dann bemerkten wir, dass der Zugang vollständig verschüttet war. Wir versuchten die Steine wegzutragen, konnten jedoch leider keinen bewegen.

„Gut, dann gehen wir durch den Tunnel. Es ist ja selbstverständlich, dass es dort einen Ausgang gibt. Das wird so sein.", sagte ich mir und auch, wenn ich meinen eigenen Worten wenig Gehör schenkte, blieb die Hoffnung. Wir liefen durch den Tunnel, an der Schnecke vorbei und waren nur vom Schein eines Feuerzeugs beleuchtet. Dann bogen wir um eine Ecke und sahen die grauenvollen Leichen von Männern und Frauen. Erst bei näherer Betrachtung erkannten wir, dass sie noch lebten. Insgesamt waren es vierzehn Menschen.

„Fracion! Mila! Oh, Dexter! Wie lange schon seit ihr hier?" Schluchzend fiel James auf die Knie und suchte in seinen Taschen nach irgendetwas.

„Wir müssen sie töten. Kommt schon!" Und als ich auf die Körper der Menschen schaute, sah ich in ihnen die zahllosen Schnecken. Sie saugten an den Eingeweiden ihrer Opfer und ihre Körper hatten schwarze Narben in der Form von Insekten. Ich erbleichte. Diese Körper, sie lebten noch. Wie lange schon litten sie unter den Höllenqualen?

Der Isländer sagte: „Ich habe ein Feuerzeug. Wenn wir die Kleidung der Menschen hier nutzen, wäre es möglich, sie zu verbrennen." James schaute auf. „Probiere es erst bei einem, ich kann nicht sagen, ob Feuer überhaupt wirkt." Also nahm der Isländer den Körper einer Frau und hielt angewidert sein Feuerzeug gegen die Schnecke. Nach bloß einer Sekunde fuhr die Frau hoch, schien kreischen zu wollen, aber es kam nur ein abstoßendes Röcheln hinaus und starb, die Insekten der Schnecken fielen hinaus und starben ebenfalls. Doch die Hauptschnecke, die im Innern der Frau gewesen war, sprang heraus. Sie wand sich wild auf dem feuchten Boden und griff mich an, sprang auf meine Brust und einer ihrer Fühler fuhr durch meine Nase. Ich wollte etwas dagegen tun, die Schmerzen aber waren zu groß. Ich habe etwa eine halbe Sekunde lang den Griff oder Biss oder was sonst auf Kereischa geschehen war spüren müssen. Der Schmerz war in dem Sinne nicht unbeschreiblich. Ich konnte ihn so gut beschreiben, wie man Schmerz beschreiben kann. Zuerst waren es eher Kopfschmerzen, ein stechender Schmerz in vier Regionen des Kopfes, die ich hinterher auch zeigen konnte. Daraufhin waren es die Ohren, die pochten und zu blitzen schienen, schließlich ging der Schmerz in meine Gelenke über. Jeder Knochen fühlte sich alt an und gebrechlich, meine Muskeln spannten sich an, Krämpfe durchfuhren alle Gliedmaßen und ich fiel auf den Boden. Ich konnte nicht schreien, nichts sagen, mir überhaupt nicht helfen, der Schmerz war einfach zu groß. Bis Leila mich erlöste, indem sie mit einem spitzen Stein die Schnecke durchbohrte.

Ich setzte mich stöhnend auf. Mir war etwas schwindlig. Ich konnte mit niemandem reden. Während ich saß und zuguckte, wie die anderen Schnecken mit spitzen Steinen getötet wurden, sagte James: „Ich weiß, wie du dich fühlst. Ich weiß es."

Also machten wir uns dran, irgendwie wieder aus der Höhle hinauszukommen. Ich dankte Leila sicher Hunderte Male, dafür, dass sie die Schnecke getötet hatte. Ab und zu murmelte James fast unverständlich: „Alles Pöbel. Alles unnützes Fußvolk."

Wenn ich ihn darauf ansprach, lächelte er mich an und sagte: „Du würdest es nicht verstehen. Das Verständnis liegt im Blut, mein Freund und Kupferstecher. Los! Gehe und weile mit deinesgleichen." Es machte mich misstrauisch, aber meine Erschöpfung verdrängte diese Gefühle und Gedanken. Die Hoffnung, dass wir noch je aus der Höhle kamen, versiegte nicht und tatsächlich erreichten wir nach mehreren Stunden einen kleinen und schmalen Gang, aus dem oben Sonnenlicht schien. Da der Gang schmal war, fiel es erheblich leicht, nach oben zu klettern. Ich kraxelte vorsichtig hoch und fand mich mitten in einem dichten Dschungel wieder. Dank James´ Kompass und seiner verbliebenen Orientierung von den letzten Expeditionen fanden wir wieder zurück in die Hütte.

Von Ersam

James ruhte sich lange in seinem Zimmer aus. Ich jagte nicht lange und erlegte einen Diplocaulus in einem kleinen Teich. Das amphibienähnliche Tier hatte einen breiten, dreieckigen Kopf und einen langen Schwanz. Seine Beine hatten Schwimmflossen. Als ich James das Essen brachte, sagte er merkwürdige Dinge in einer anderen Sprache. Dazu murmelte und raunte er unverständliche Worte. Dinge wie: „Sicher können Ratten auch Helden sein, wenn sie ihresgleichen helfen...Fußvolk kann Könige hervorbringen, keine Götter aber..." Stirnrunzelnd ging ich wieder, während James die Tür schloss. Als ich dem Isländer einen guten Tag wünschte, sagte er: „Ja. Er ist ziemlich schön. Ich kann nicht mehr länger auf der Insel bleiben. Das sollte niemand. Einem wäre geholfen, wenn man sie verlässt, der Tod ist unausweichlich hier. Daher werde ich endlich tun, was der Grund für mein Kommen ist."

„Der Grund für dein Kommen? Du hättest doch nicht absichtlich auf diese Insel kommen wollen."

„Oh, ich weiß nicht, ob ich deine Naivität gutheißen soll oder vielleicht auch betrauern. Nein, ich hatte sowieso vor, auf diese Insel zu kommen. Dann hörte ich davon, dass James eine Expedition leiten würde. Seine vorherigen Expeditionen machten ihn zu einem guten Führer auf der Insel. Ohne James wüsste ich nicht, wo welche Hütte liegt oder wo ich überhaupt hin muss. Erstaunlicherweise hatte James mir mehr geholfen, als ich angenommen hatte. Ich muss jetzt gehen und tun, was nötig ist. Ich habe hier einige Seiten verfasst, auf dem Schiff hierher und während den Geschehnissen, die du nun zu lesen bekommst. Es sind meine letzten Schriften, bewahre sie bitte auf, stelle an mit ihnen, was du willst, lasse sie aber nicht in Vergessenheit geraten. Ich gebe sie dir, da ich will, jemand wisse, wer ich bin. Lies sie nicht zu früh."

Erstaunt erhielt ich mehrere Seiten mit handgeschriebenen Sätzen und ein Reisetagebuch mit der Inschrift 'Das Dorf des verfluchtesten Volkes' und blickte den Mann an, mit seinen riesigen vier Rucksäcken. Verwundert war ich darüber, wie ängstlich er wirkte. Er hatte eingefallene Augen, herausragende Wangenknochen und hatte sicher lange nicht mehr gut geschlafen.

„Das Reisetagebuch, was du hältst, ist von einem Edward Orflint. Ich hatte es in meiner Tasche gefunden, nachdem sich unsere Wege getrennt hatten." Ich antwortete: „Sei unbesorgt. Ich bewahre deine Schriften." Dann ging er und ließ mich mit den Schriften allein, die seine wahren Motive entschleiern würden.

Verblüfft setzte ich mich nach draußen und begann zu lesen. Erst las ich *'Das Dorf des verfluchtesten Volkes'*, ein Reisetagebuch von einem Mann namens Edward Orflint.

Das Dorf des verfluchtesten Volkes

Nie wird der Mensch größeren Schrecken ins Auge geblickt haben. Nie. Ich sitze in einem Felsvorsprung, mein Bein steckt in einer Lücke fest und ich warte auf den Tod. Ich habe seit über zwei Tagen nichts getrunken, geschweige denn gegessen. Ich habe schon längst den Versuch aufgegeben, mir die giftigen Schlangen vom Leibe zu halten. Sie lassen mich in Ruh, um mich zu verspeisen, wenn ihr Gift Wirkung zeigen soll. Doch ich beschließe nun, auf den leeren Seiten des Reisetagebuchs, welche mir mein Vater schenkte, meine letzten Ereignisse niederzuschreiben. Ich habe nichts von solch einem Tagebuch gehalten, doch wer auch immer es finde, dem soll geholfen sein.

Ich befinde mich in einem Zustand, in dem mir die Angst vor dem Tode, die Kälte, das Gift, mich nicht behindern zu Schreiben. Ein jeder Mensch kann innere Ruhe bewahren, ganz besonders, wenn er dem Tode am nächsten ist, an die Grenzen des Körpers und Geistes dringt. Bloß Schweiß und Blut werden die Seiten beflecken, sofern ich es nicht verhindern kann.

Beginne ich am Amazonas, meine achte Reise antretend. Ich war zu Studienzeiten zum ersten Mal in Südamerika, fasziniert von den verborgenen Geheimnissen in den Tiefen des Dschungels. Meine Reisebegleiter entdeckten zwölf neue Spezies und bei meinen nächsten zwei Reisen verzeichnete ich immer weitere.

Doch daraufhin trat ich die Reisen zum Spaß an, aus Leidenschaft, um die Magien und Phänomene der Länder zu bestaunen. Meine Reisebegleiter waren dieses Mal jedoch aus wissenschaftlichen Zwecken dabei und hatten vor, die Zähne von Affen in den Gegenden zu untersuchen. Prof. Shryas Klai und der gleichnamige Prof. Edward Johnsohn und ich, Dr. Edward Orflint. Wir wanderten über mehrere weite Täler, bis wir tief im Dschungel Macheten nutzten, um durch Farne und Büsche zu kommen und die eine oder andere Schlange vom Leibe zu halten.

„Der dreißigste Geburtstag des Todes meines Sohnes wäre heute.", sprach Prof. Johnson zu mir. „Er war sechs, als er starb. Ein bengalischer Zirkustiger sprang aus dem Käfig, das Schloss nicht befestigt, er biss zu, aus Hunger. Ich habe den Tod bis jetzt nicht völlig verkraftet, aber ich habe ihn akzeptiert. Mein Leben gelebt, wie vorher, bis ich verfalle. Ich werde Kenny niemals wiedersehen. Ich glaube nicht an Gott, den Himmel, Religionen, alles Schwachsinn. Doch manchmal wünschte ich, ich würde. Dann hätte ich einen Lichtblick. Einen Schimmer der Hoffnung, meinen Sohn in die Arme nehmen zu können. Mich mit meiner Frau zu versöhnen. Dann wäre ich glücklicher. Mein Sohn und ich wären einfach nur...getrennt." „Ich-Mein Beileid. Wieso er-

zählen sie mir das? Ich bin überrascht, will aber nicht andeuten,
es interessiert mich nicht, ich...es ist nur-" „Ich werde mich um-
bringen. Auf dem Gipfel dort oben. Er gehört einem Vulkankra-
ter. Ich habe die Forschung bloß genutzt, um die Reise antreten
zu können.", unterbrach Edward mich.

„Nein! Das können sie nicht tun! Weiß Professor Klai davon?"
„Nein." Der Mann drehte sich um, sah Professor Klai einige
Käfer beobachten und wendete sich mir wieder zu. „Er ist mein
Freund, doch ebenfalls stark praktizierender Christ. Ich will
nicht, dass er mich für einen Sünder hält. Wenn ich springe, sollst
du ihm sagen, dass es ein Unfall war."

Ich wusste nicht, was ich sagen sollte. Da sprach mein Namens-
vetter weiter: „Mein Frau wurde verrückt. Sie hatte vor, den Ti-
ger zu erlegen, der war aber in ein Reservat verschleppt worden.
Sie leidete an Halluzinationen von Kenny und manchmal drohte
sie Leuten, sie würden seinen Geist verfluchen und zurückhalten.
Sie machte es den Leuten schwer, ihr beizustehen. Einmal be-
drohte sie mich im Schlaf mit einem Küchenmesser, ich wachte
bloß von den Worten auf, die sie immer murmelte. Ich hatte mir
eine Tischlampe vom Nachttisch genommen, vom selben, auf dem
die Unterlagen für eine Einrichtung für Geisteskranke lag und
ihr mit ihr gegen den Kopf geschlagen. Ich wollte sie bloß über-

wältigen, doch ein Splitter des Glases fuhr ihr in den Hals und sie starb. Ich wurde natürlich freigesprochen, aber ich habe selten so viele geistige Schmerzen durchmachen müssen."

Ich blickte betroffen in die Bäume, in die verzweigten Äste. Ein Affe versuchte, die Eier eines Nestes zu klauen, doch wurde er von einer aufgebrachten Vogelmutter, blau mit roten Flügeln, weggescheucht. Es dauerte, bis ich mich fasste.

„Das ist erschreckend. Ich könnte so viel wohl nicht durchmachen. Doch sie sollten sich nicht umbringen! Sie müssen nicht sterben!" „Ach, mein Freund und Kupferstecher, ich bin mir sicher, sie wollen mich abhalten, doch machen sie es sich zu keiner Pflicht, mich vor dem Tode zu bewahren. Wenn ich lebe, bin ich unglücklich und wenn sie mir die Möglichkeit verweigern, es zu tun, werde ich es irgendwann tun. Irgendwie. Es gibt immer eine Möglichkeit. Mein Ende aber soll spektakulär werden, wie all die Träume, tot, vergessen, aufgegeben. Der Vulkan ist lange nicht mehr aktiv, aber Lavaseen befinden sich dennoch dort."

Und ich akzeptierte, dass er sterben wollte.

In den folgenden Stunden kletterten wir und bestiegen so den Vulkan. Anders als unten wirkte der Krater massig, breit, riesig. Es sollte ein langer Aufstieg sein. Es wurde immer steiler. Einmal rutschte ich aus, fiel etwas und konnte mich an einem Busch fest-

halten, noch bevor ich hinunterrutschte. Drei Stunden vergingen,
bis wir ankamen.

Professor Klai war noch etwas weiter unten, da standen ich und
Professor Johnsohn am Krater. Wir blickten über den Rand hin-
ab und waren überrascht. Kein einziger Lavasee befand sich
dort, kein heiße Lava, sondern Gräser, Farne, Büsche, Bäume,
höher als außerhalb des Kraters. Nicht die Flora aber erregte
unsere Aufmerksamkeit. Es waren elf Hütten aus getrockneten
Pflanzen. Auch schienen die Dächer aus Bäumen zu bestehen und
waren mit Baumrinde und Tierfell gesäumt.

„Mein Herr Edward. Ich kann nicht sagen, wie aufgeregt ich bin.
Ich muss wohl warten mit dem Tode und meinen Namen in die
zukünftigen Bücher eintragen." Und auch Herr Klai war hinzu-
gekommen und staunte, wie ich genauso schweigend. Uns wurde
allmählich klar, dass wir die ersten sein mussten, die den Vulkan
bestiegen. In der nächsten Stunde bereiteten wir uns auf den Ab-
stieg vor. Die Tatsache, dass wir bis jetzt keine Menschen sahen,
machte uns zuversichtlich, nicht angegriffen zu werden. Wir ban-
den mehrere Seile um die umliegenden Felsen und nagelten
selbst einen Ring in den Stein. Professor Johnsohn hing als erster
am Seil und ließ sich hinuntergleiten.

Er war vorsichtig, doch seine sichtlich bemerkbare Vorfreude ließ ihn schnell werden. Auf Professor Klai folgte ich, nachdem ich die Rucksäcke hinunter geworden hatte.

Als ich unten ankam, schlug ich mir auf den Nacken und brachte ein Exemplar einer Libelle um, welche Blut saugen zu schien. Doch Professor Johnsohn machte mir bewusst, dass es genau genommen ein Moskito war. Die beiden Professoren hatten allmählich begonnen, neue Käfer und Spinnen zu untersuchen, ihnen Namen zu geben. Dieses Exemplar hatte drei Stacheln und ein Horn und einen gleichgeschaffenen `Bart`, er sah eigentlich wie das Horn aus, vermutlich, um Weibchen zu beeindrucken. Seine prächtigen Farben schimmerten in Grün und Gelb und glänzten in Rosa und Blau. Ich gab ihm als Entdecker den Namen Orflintscher Regenbogen.

Wir hielten uns aber nicht mit den Kleinigkeiten auf und konzentrierten uns auf die Hütten, die im Wald lagen. Die Wände waren ebenfalls mit Tierfellen gesäumt. Im Zentrum ein von Steinen umrandeter Weg, welcher aus Pilzen bestand, blaue, alle gleichgroß, drei Zentimeter. „Wahrscheinlich nicht giftig. Bei Berührung jedenfalls nicht. Die Einwohner des Stammes liefen wohl darauf. Die Frage stellt sich mir aber: Wie haben sie sie angepflanzt?", meinte Herr Klai. Wir hätten die Eingeborenen fragen sollen, doch keiner war vorhanden. Also gingen wir in die

Hütten, die waren fast leer, bis auf einen Stapel aus Tierfellen innerhalb eines Holzrahmens.

Der Weg aus Pilzen führte von drei Hauptgebäuden, vier weitere folgend zu zwei kleinen anderen. Dazwischen lagen zwei weitere Gebäude. Geschätzt hatten 35 Menschen dort gelebt, in den zwei Hütten am einen Ende des Weges gab es zwei Etagen. Von den drei Haupthütten wirkte eine sogar ganz besonders beeindruckend. Ich trat ein und sah sofort eine Menge Tiertrophäen, Häute, Zähne, Pfoten, Knochen, zu Waffen verarbeitet. Außerdem erblickte ich Diamanten oder Rubine, und Harzstrukturen. Ich freute mich und mein geübtes Auge, welches ich in zwei Jahren trainiert hatte, um mir mein Studium zu finanzieren machte mich unfassbar glücklich. Schnell rief ich die anderen. In der Mitte des Raumes stand eine Art Schrein und ganz oben die Innenseite eines Tierleders. In ihm waren Schriftzeichen zu erkennen, die wohl mit einem heißem Stab eingraviert worden waren:

Die Genauigkeit mag angezweifelt werden, doch so ist es wie es da stand, ich notierte es mir gleich. Die Professoren konnten keine Auskünfte geben, was es bedeutete, keiner von uns war der Linguist von Fache.

Ich grübelte und grübelte, als ich von einem lauten Schrei des Professoren Klai wieder zu mir kam. Herr Johnsohn und ich drehten uns um und schauten auf eine kleine Puppe, die den Mann gebissen hatte. Herr Klai war von hohem Wuchs, doch die Puppe hatte spitze Zähne und nachdem sie in seinen Hals biss, war sie wohl noch drin gewesen, ihrem Äußeren nach zu urteilen. Sie sprang von seiner Schulter, als Shryas fiel. Als er auf dem Boden lag, sahen wir sogleich weitere scheußliche Puppen, aus Tierhäuten und Stroh gemacht. Ihre Augen waren denen der Menschen gleich und es schien so, als hätten sie sie von ihnen gestohlen. Ihre Hände hatten Krallen, von Faultieren stibitzt, wie es aussah. Ich kann nicht sagen, womit sie gefüllt waren, mein Blick reichte nicht aus. Es waren Puppen von der Größe von Glühbirnen bis hin zu der von der Höhe von Fahrrädern. Einige hatten Waffen.

Professor Johnsohn handelte schnell. Schließlich kam die Puppe, die Klai getötet hatte von hinten. Der Herr Professor rannte also gegen die Wand und durchbarst sie beim zweiten Anlauf. Die

Puppen waren schon im Türrahmen, als ich floh. Zusammen rannten wir durch den Wald zu den Seilen, sahen aber, dass jemand sie von weit oben abgeschnitten hatte. Die flinken, kleinen Puppen waren es wohl gewesen. Ich verfluchte sie in dem Moment und hatte Panik. Ich dachte nur noch an Flucht. Der Professor rannte voran in eine kleine Höhle. Tropfsteine, Stalagmiten und Stalagtiten säumten sie. Doch in der Mitte befand sich ein weiteres Dorf. Dort waren ziemlich viele weitere Hütten. Auch hier gab es einen Weg aus Pilzen. Die Dunkelheit wurde beseitigt durch die Pilze, denn diese schienen hell genug, um die ganze Höhle zu beleuchten. Der Blauton aber war viel heller im Licht als im Pilz und brachte etwas Gelbliches mit sich. „Biolumineszenz.", beschrieb Herr Johnsohn das Spektakel.

Anders als das andere Dorf hatte dies keine Haupthütten. Es bestand eher aus vielen Etagenhütten und hatte Lagerfeuerstellen und Orte, die mit Speeren und Farben gezeichnet waren. Mit tanzenden Figuren in Holz geschnitzt, menschenähnlich, lila und pinke Steine, Quarz möglicherweise und normale Steine, mit Figuren bemalt. In der Mitte silbrig leuchtende Steine. Hier wurden mit ziemlicher Sicherheit Rituale vollzogen, wir waren uns sicher. Anhand unserer neuen Entdeckungen schätzten wir die Zahl des Volkes auf über siebenhundert.

Wo waren sie bloß? Ich fing nun langsam an, ruhig zu werden, die Puppen würden uns nicht finden und ich realisierte, dass wir fürs erste im Krater festsaßen. Wie sollten wir entkommen? Ich wollte gerade anfangen, Professor Johnsohn zu fragen, als eine der Puppen am Eingang der Höhle stand. Ich rannte zu ihr, sie war in etwa so groß wie mein Bein und hob sie hoch. Ich blickte mich um, sah aber keine weiteren. Professor Johnsohn nahm ein Messer und drohte der Puppe: „Wer bist du? Sag es mir! Oder willst du dass ich dich ersteche? Na, los, sprich!" Erst sagte sie nichts. Ich hätte das auch nicht erwartet. Konnte sie überhaupt klar denken? War das nicht eher mehr Tier? Doch dann lachte sie und sagte: „Ach! Ich? Ich bin bloß ein Püppchen! Hahahaha-ha! Hihihi." „Woher kannst du unsere Sprache?" „Magie! Hohohohoho!" „Sag die Wahrheit!" „Natürlich! Wir bestehen aus Magie! Deshalb verstehe ich auch deine Sprache! Und weiß, dass du vorhattest, dich hier selbst umzubringen!" Ich erschrak und fragte anstatt der sichtlich berührten Professoren darauf: „Wieso wolltet ihr uns umbringen? Wieso habt ihr Shrya getötet?" „Magie! Wir mussten dafür sorgen, dass ihr dem heiligen Werke kein Schaden zufügt!" Mir war direkt klar, es ging um die Tierhaut, in welche die Zeichen eingraviert waren. „Aber wieso?", fragte ich, als der Professor schrie: „Pass auf, Puppen!"

Ich drehte mich um und sah die Puppen. Ungefähr zwanzig. Ich rannte schnell hinaus, da wurde der Professor schon von ihnen angegriffen. Er fiel, doch ich half ihm hoch und zusammen rannten wir weg. Er erklärte mir keuchend: „Diese Tierhaut! Die Hieroglyphen! Sie wollten nicht, dass wir ihr etwas antun, weil sie sonst sterben werden." „Klingt logisch.", meinte ich. „Wir müssen die Tierhaut vernichten!"

Und so rannten wir durch den Wald, als da ein Jaguar von seiner Beute, einem Affen aufschaute. Er schien sich auf uns zu fixieren, doch als die Puppen an ihm vorbeirannten, griff er diese an. Eine biss er heftig in den Kopf, er biss stark zu, doch eine andere biss ihm in den Bauch und ich wagte es kaum zurückzublicken, als ich den gequälten Schrei des Tieres hörte. Der Professor und ich waren im Dorf angekommen. Ich rannte in die Haupthütte, nahm die Haut, hielt mein Feuerzeug hinunter. Gerade dann tauchten die Puppen auf. Eine biss dem Professor ins Bein, darauf andere in seinen Rücken, in den Bauch, den Hals, überallhin. Ich war also nun allein. Und der Professor war tot. Weg.

Ich aber hatte schon damit begonnen, die Tierhaut anzuzünden. „Nein!", schrien die Puppen. Ich erkannte, dass ich das richtige getan haben musste. Wenn ich doch es doch nur besser gewusst hätte

„Ich vernichte euch! Ihr nutzlosen Miststücke!", meinte ich voller Schadenfreude. „Oh, weh!", sagte eine der Puppen. „Du musst verstehen! Wir wurden einst von einst von den Einwohnern geschaffen. Denn 11.052 Dämonen-Wesen waren aus einem Portal aus einem anderen Ort im Universum entsprungen. Die Einwohner schufen uns, um unsere neue Lebensenergie zu benutzen, um die schrecklichen Ungeheuer im Schlaf zu halten. Sie erschufen uns bloß mit diesem Werk. Nur wenn wir lebten, blieben die Ungeheuer gebannt! Diese Zivilisation ist leider vergangen durch ein grausames Ereignis. Doch dann kamen die Menschen hierher. Und wieder einmal erschütterte etwas das Gleichgewicht. Wir mussten die Menschen töten und eine Menge Tiere, damit die Ungeheuer nicht aufwachen würden. Wir haben eine Katastrophe abgewendet. Das war vor 260 Jahren. Und nun? Diese Dämonen werden nicht nur alles Leben auf der Erde vernichten! Sie werden eine weitere Galaxie bevölkern und eine neues Portal öffnen! Magie..."

Und auf einmal implodierten all die Körper, schrumpften in sich zusammen, bis da nichts mehr war. Ich war erstaunt, konnte den Puppen aber keinen Glauben schenken. Bis der Boden bebte und ich fiel. Ich fiel in eine Höhle und versuchte, nach oben zu gelangen, doch Steine fielen und ich rannte in einen der Tunnel. Dort kam ich in eine beleuchtete Gegend. Lavafälle und viele Seen in einer monsterhaften Höhle brachten dies zustande. Ich blickte auf etwas. Etwas weißes, ein Dreieck. Umgeben von etwas grünem, harten. Da bebte die Erde wieder und ich fiel in eine Felsspalte, in der ich bis jetzt bin. Und erst dann erkannte ich, was das war. Das grüne war Haut und das weiße war ein Zahn. Und ich weiß nicht, ob es hilft, doch vielleicht können die Schriftzeichen, welche ich abbildete, benutzt werden, um die Monster wieder in den Schlaf zu bringen. Ich kann es nicht sagen, ich sitze hier fest und sehe hier, wie das Wesen langsam an die Oberfläche gelangt und jedes Leben auf der Erde vernichtet wird. Mit einem Zahn, größer als zwei Fußballfelder. Und es ist alles meine Schuld.

Ich war verwirrt. Aber schon griff ich mir die Zettel, die der Isländer geschrieben hatte.

Der unfreiwillige Beginn der meisten Geschehnisse

Die Berge, durch die ich lief, waren von beachtlicher Größe. Sie waren höher als die Wolken und es waren schon viele umgekommen in diesen Bergen. Zu viele. Manche sagen, es seien mystische Wesen und es rankten sich Legenden um Seen, die sich dort befanden. Seen größer als Häuser, welche nur auftauchten, um Wanderer in dieses Bad zu locken. Wo dann die Seen verschwanden und die Wanderer in die Tiefen der Hölle mitnahmen. Mein Haus befand sich mitten in den Bergen. Vor vielen Jahren gab es hier hunderte von Häusern, auf Felsen und in Tälern inmitten des Gebirges, doch ein wilder Sturm hatte die meisten Bauten für immer hinfort gerissen. Mein Haus war eines der vierzehn letzten, welche den Sturm überstanden hatten. Die anderen dreizehn Bewohner sind nun alle tot. Ich bin alleine in den mächtigen Steinen. Und ich kann berichten, dass keine der Legenden je einen wahren Kern hatte. Zwar gab es unerklärliche Todesfälle, aber ich sah nie etwas, was mit den Legenden der Bauern und Trinkern übereinstimmte. Als ich an meinem Geburtstag durch die Berge in mein Haus lief, hatte alles angefangen. Ich hatte keine Familie und bloß wenige gute Freunde. Über die Jahre war ich vereinsamt und hatte mich selbst von den letzten Bekannten verfremdet. Daher feierte ich meinen Geburtstag nur mit einem Kuchen in der örtlichen Gaststätte. Der Weg, den ich nach Hause lief, war berüchtigt bei den Leuten für seine dämonischen Kräfte. Ich glaubte daran nicht. Der Pfad begann aber plötzlich zu beben. Ein Erdbeben von kleinem Ausmaß, stark genug, um mich von dem Weg zu werfen und mich in einen der Gräben zu befördern. Ich rappelte mich auf, Schmerzen in den Rippen. Da spaltete sich der Boden. Ich rannte auf einen Felsen, um vor den Rissen sicher zu sein, die sich dort bildeten. Der Felsen wurde unsicher und ich kletterte auf einen Vorsprung im Berg. Ich sah, wie sich um die Berge überall Risse bildeten, der

Boden langsam in einem über 200 Meter großen Tunnel verschwand. Der Weg, den ich lief, war vollkommen auf den Grund einer Höhle gefallen. Es sah aus wie ein Tunnel. Ich tat mich schwer, nicht in Ohnmacht zu fallen oder mir den Kopf an den Steinen zu stoßen, denn die Erschütterung des Bodens hörte erst nicht auf. Erst als der Blick frei geworden war, sah ich den gesamten Tunnel. Er führte aus der gegenüberliegenden Gebirgskette in die, auf der ich stand. Der Tunnel war ungefähr 20 Meter breit und sicherlich über 100 Meter tief. Und da das Licht nicht in das Gebirge gegenüber reichte oder in meines, konnte ich nicht erkennen, wie lang er war. Ich hatte nicht vor, in den Tunnel zu gehen. Daher kletterte ich vorsichtig an den Felsen entlang und versuchte auf die andere Seite des Tunnels zu kommen, um in mein Haus zu gelangen. Doch ich rutschte aus und fiel mehrere Meter tief. Zum Glück konnte ich mich noch festhalten und arbeitete weiter langsam an meiner Klettertour. Dann fing die Erde wieder an zu beben, diesmal aber auf eine andere Art. Nein, sie bebte nicht, es hörte sich bloß so an. Und dann sah ich sie! Die grausigen Geschöpfe, die aus dem Tunnel im anderen Gebirge kamen. Hässliche Biester, sie besaßen keine Augen, aber merkwürdige Platten im Gesicht und Nasen hatten sie auch nicht. Ihre Körper waren lang und ging vom Kopf aus abwärts, bis der Körper in einen Schwanz überging. Ihre überproportionalen

Vorderbeine hatten lange Klauen und ihre kräftigen Hinterbeine waren klein und bewegten sich außerordentlich schnell. Es war unmöglich zu sagen, welches männlich und welches weiblich war. Eines dieser überall behaarten Lebewesen war acht Meter hoch. Ihr Stampfen, ihr wütendes Rennen in die unterirdische Welt des Gebirges, auf dessen Fels ich gerade stand, war der Auslöser für die lauten Geräusche in der Erde. Voller Erschrockenheit hatte ich den Griff am Felsen gelockert und fiel geradewegs in den Tunnel. Ich wollte schreien, kreischen, doch ich war nur zwei Meter gefallen. Als ich dann aber wieder stürzte, fiel ich in den Tunnel. Ehe ich mich versah, stützte ich mich vom behaarten Rücken des Tieres ab, dieses Giganten, der durch den Tunnel lief. Ich blickte noch zurück, sah das Licht am Ende des Tunnels und blickte nach vorne in die bedrohliche Schwärze, die gewaltige Dunkelheit. Das schreckliche Tier rannte mit so einer Geschwindigkeit, dass mich schiere Angst packte, wenn ich daran dachte, auf den Boden zu springen. Außerdem waren es sieben Meter über dem Boden. Ich hielt mich also an seinem Rücken fest und war extrem angespannt. Es war kalt im Tunnel und das Fell dieser Kreatur spendete die einzige, wenige Wärme. Das laute Stampfen all dieser Wesen tat mir in den Ohren weh und die ständige Furcht, von einem der Tiere angegriffen zu werden oder hinunterzufallen machte mir zu schaffen. Ich verlor langsam das

Zeitgefühl, die Dunkelheit machte alles nur schlimmer. An Schlaf war nicht zu denken, die Eintönigkeit der laufenden Bewegung des Tieres machte mich dennoch müde. Der Tunnel hatte keine Biegungen, ging immer geradeaus, die dämonischen Tiere gingen immer im gleichen Tempo.

Endlich, ich konnte nicht sagen, wie lange ich auf dem Tier ritt, ich sah Licht. Ich sah ein Ende vom Tunnel. Die Tiere ritten vorwärts und meine Augen gewöhnten sich langsam an das Licht. Dann ritten sie in einen großen Krater, Mammutbäume und riesige Farne wurden von der tief stehenden Sonne beleuchtet. Mir fiel auf, dass die Sonne aufging, statt unterging. Ich wurde in eine Dschungellandschaft geführt. Dort sah ich ein tiefes Loch im Boden. Um einen monströsen Trichter aus Stein standen Tausende von Giganten. Riesen. Nicht nur diese Tiere, die durch den Tunnel ritten. Gewaltige Vögel, Echsen in maßstabloser Größe, Schafe in der Größe von Elefanten und tausende von weiteren Giganten. All die Wesen machten verschiedene Geräusche und Laute, ein Laut furchterregender als der andere. Ich drehte mich um. Und sah einen Menschen. Einen echten Menschen im Gegensatz zu den vier Meter großen Schweinswesen oder blassen, haarlosen, auf allen Vieren gehenden, zwanzig Meter langen Menschen. Er steckte in einer Felsspalte fest und umklammerte ein Buch.

Hinter mir waren die Giganten, aber alle schauten bloß auf den Trichter in der Mitte. Ich schaute mir das Szenario an, wie eine riesige Spinne vortrat, langsam an den Rand des Lochs. Dann sprang sie über den Abgrund in den Trichter. Ich sah, wie sie zerbarst in tausend kleine Lichtblitze und in den Trichter hineingesogen wurde. Nach einer Sekunde flogen die Lichtblitze in den Himmel, in das Universum, in die Weiten des Kosmos. Wer weiß, wo die Spinne nun war. Ich fasste mich wieder und während ein Zyklop als nächster an den Rand hervortrat, ging ich an den Rand und blickte den Mann an, der in der Felsspalte feststeckte. Er war schweißgebadet und lächelte mich an. Ich hielt ihm die Hand hin, doch sah, dass es nicht reichte. Also zog ich meine Jacke aus und hielt sie ihm hin. Der Mann schien vieles durchgemacht zu haben, wie er aussah. Ich schüttelte die Jacke und flüsterte ihm zu: „Na, los! Komm!" Der Mann aber sagte nur: „Haha! Das Gift...das Gift... Es wirkte nicht. Das Gift!" „Verdammt! Ich kann dich noch retten! Du musst dich nur an der Jacke festhalten.", versuchte ich ihn zu überzeugen. Und tatsächlich schien er sich wieder zu konzentrieren. Mit einem Ruck konnte er sich befreien. Er griff die Jacke und ich zog ihn hoch. Oben angekommen hatte er Schwierigkeiten, stehen zu bleiben. Ich gab ihm etwas von meinem Wasser und er wirkte wieder etwas energievoller. „Schnell, wir müssen weg!", sagte ich und bekam als

Antwort: „*Denkst du etwa, ich will hierbleiben? Hahaha!*" Langsam gingen wir an den Riesen vorbei, die gebannt auf den Trichter starrten. Wir versuchten niemanden zu berühren, was uns schwerfiel, einmal stieß ich gegen eine Schlange, deren Körper breiter und größer war als meiner. Doch der Mann und ich entkamen diesem heidnischen Ort mit seinen Ritualen und liefen in den Urwald. Viele Kilometer lang liefen wir, bis wir eine Rast einlegten. Der Mann stellte sich unter dem Namen Edward Orflint vor und gab mir sein Reisetagebuch zu lesen, in dem geschrieben stand, was mit ihm geschehen war. Es hatte den Titel `Das Dorf des verfluchtesten Volkes` und ich erschrak beim Lesen. In ihm befanden sich einige Schriftzeichen, die Edward abgezeichnet hatte und auf einem Stück Leder gefunden, welches er in einem Dorf gefunden hatte. Angeblich hatten Puppen seine Kameraden getötet, wollten jedoch bloß das Leder mit den Hieroglyphen schützen. Denn sie wurden nur heraufbeschworen, um all die Giganten und Riesen auf der Erde in einem tiefen Schlummer zu halten. Und nachdem die Puppen tot waren, durch das Verbrennen der Schriftzeichne, so sollten die Wesen aufwachen.

„*Die Monster, die du gesehen hast, mussten in Schlaf gehalten werden. Bloß so überleben wir hier auf der Erde. Wir müssen sie wieder in den Schlaf befördern. Es ist wichtig. Schnell!*", sagte

Edward plötzlich. Schnell gingen wir durch den Urwald. All die Kreaturen, die durch ihn hergekommen waren, hatten ihn nicht wenig verwüstet.

Wir fanden ein totes Wildschwein. Ich riss ihm die Haut ab und Edward brannte ihm die Hieroglyphen ein. Tatsächlich erschienen auf einmal zwei kleine Puppen. Sie waren niedergeschlagen und sagten: „Wir sind die Urpuppen. Die zwei ersten, die immer wiederbeschwört werden können. Wir wissen, was wirklich los ist. Es ist zu spät. Wir können sie nicht mehr aufhalten. All die Monster...sie werden die Welt verlassen."

„Ja.", sagte Edward seufzend. „Wahrscheinlich stimmt das. Aber ihr ward unsere letzte Hoffnung. Ich denke auch, dass die schrecklichen Wesen uns nicht mehr angreifen werden. Als ich in einer Felsspalte festsaß und die Giganten kommen sah, gab es kurz ein Loch im Boden. Ich sah etwas Furchterregendes. In der Erde befindet sich ein Titan, ein Gott! Er wirkte aus Stein oder Metall, seine Haut war rau, uneben, dunkel. In die Embryonalhaltung gekrümmt. Sein Kopf hatte eine größere Fläche als Europas und auf seiner Stirn stand in blauen Buchstaben geschrieben: Ersam. Bevor drei ganze Berge hinunterfielen, sah ich, dass er sein Auge öffnete. Die Erdkruste ist für ihn bloß wie eine Eierschale."

Eine Puppe meldete sich: „Es war eine Zeit, da die Giganten nicht waren. Auch nicht Ersam. Eine andere Zivilisation, die das Licht der Sonne auf der Oberfläche dieses Planeten sah, bevor es Menschen gab, hatte von dem Wachstum Ersams mitbekommen. Sie wussten, dass unser Planet in vielen Jahrmillionen durch sein Erwachen vernichtet würde. Also beschworen sie die Giganten aus einer anderen Galaxie. Sie sollten sein Wachstum durch ihre Magie verhindern, doch es wirkte nicht. Die Riesen mussten schlafen, damit der Ersam im Inneren dieses Planeten niemals aufwachte, selbst wenn er wachsen würde. In letzter Not wurden wir heraufbeschworen, um diese Giganten in einem Schlaf zu halten, damit wiederum Ersam durch der Giganten Schlaf schlief. Deshalb ist Ersam auch nie erwacht." Die Puppe machte eine Pause und ließ alles auf uns wirken, als sie seufzend fortfuhr: „Nun sind zu viele von uns tot. Die Riesen werden nie wieder schlafen. Diese monströsen Tiere sind unfreiwillig hier, wollen weg. Dazu kommt ihre Angst vor dem Wesen im Inneren dieses Planeten. Bald erwacht das Monstrum, das größer ist als unser Mond. Er wird auferstehen, die menschliche Ära ist dann vorbei. Die Giganten sind nur in den Urwald gekommen, um zu gehen. Den Trichter brauchen sie, um zu flüchten. Sie wissen, dass die Erde nicht mehr sicher ist. Ihr müsst auch weg. Ihr müsst das Portal nutzen, um zu verschwinden. Ersam wird erwachen und *dann wird er die Erde von innen zersprengen."*

Betretendes Schweigen breitete sich aus. Ich glaubte der Puppe aufs Wort, denn was ich bis jetzt erlebt hatte, war Beweis genug. Die andere Puppe sagte: „Da, wo die Giganten hingehen, kommen die Giganten her. Aber es wird niemandem geholfen, wenn ihr es nun auch wagt, das Portal zu nutzen, dass auch Götter benutzen. Es ist unbekannt und kann euch töten!"

Und wieder herrschte die Totenstille, das Schweigen, dass uns klar machte, dass die Erde bald nicht mehr war. „Alles ist meine Schuld...", jammerte Edward. „Ich muss es wiedergutmachen und habe keine Idee, wie."

Eine Puppe sagte zögernd: „Hmm...es gibt eine Option. Ein Wesen, dessen Ausmaß an Schrecklichkeit möglicherweise Ersam töten könne. Es ist brutal und solle lieber für immer vernichtet werden, doch wir könnten es benutzen. Es ist ziemlich groß, eine alte Lebensform, die man nur als Schnecke klassifizieren kann. Ich kann es spüren, doch es ist schon vor viel längerer Zeit aus seiner Galaxie in unsere gekommen. Es ist gekommen, bevor Ersam war. Es wird nicht durch uns in Schlaf gehalten, da es uns sonst Schmerzen zufügt. Wir können es spüren." „Das ist ja wundervoll!", rief ich. „Wo ist dieses Wesen?" „Auf einer Insel im indischen Ozean, sie heißt Kereischa." Die Puppen jagten mir einen Schauer über den Rücken. Ihre Stimmen waren ohnehin unmenschlich, aber nun wirkten sie merkwürdig krank. „Edward?", fragte ich. „Edward, ich werde Kereischa als Ziel nehmen. So schnell wie nur möglich. Verstehst du?" Edward dachte betrübt nach. „Geh nur. Ich muss einen anderen Weg finden. Ich muss die Menschen warnen. Was, wenn der Kereischa-Plan fehlschlägt? Es ist an mir, einen anderen Weg zu finden."

Als ich den Zettel niederlegte, schien das Rot der untergehenden Sonne auf mein bleich gewordenes Gesicht. War etwa wahr, was dort stand oder ist all dies nur wirre Fantasie von im Geiste kranken Menschen? Ich glaubte jedoch den beschriebenen Seiten. So etwas konnte sich keiner ausdenken. Und was ich bisher auf Kereischa erlebt hatte, ließ mich tatsächlich daran glauben. Wie verrückt es auch erschien. Und mir waren auch die Mysterien und Mythen um jenes Wesen Ersam bekannt. Ja, konnte tatsächlich mein Leben lang ein solch gewaltiges Wesen unter dem Grund des Planeten gelebt haben? Schlafend, nichts vom Leben der Bürger der prächtigsten Zivilisation des Erdballs wissen? Allein die Vorstellung erfüllte mich mit Schauer, Unklarheit ward` mir aber mein größter Begleiter. Wo lag der entfernte Punkt des Universums, aus dem die Gestalten herkamen? Welch´ Geschlechter

waren es, die von diesem Ort kamen? Ach, es war zum Verzwei-
feln, konnte ich mir ja bloß schwer im Klaren darüber sein, ob je
eins der Geheimnisse von der Wissenschaft gelüftet werden
könnte! Während ich hier also saß und den Sonnenuntergang
bestaunte, mich schon bald die Schwärze der Nacht einholte, versuchte der Isländer, das Schneckengetier das mächtige Wesen
Ersam angreifen zu lassen. Ich hoffte dringlich, er schaffte es.
Wie wünschte ich, dass ich ihm helfen konnte, hätte jedoch Angst
davor, böte sich mir tatsächlich die Möglichkeit. Und konnte man
den Worten der verzauberten Puppen Gehör schenken? Konnte
das Schneckengetier, welches für die Flora und Fauna Kereischas
verantwortlich war, wirklich einem Titanen wie Ersam Schaden
zufügen?

Besessenheit

Ich fragte mich, wie es Edward Orflint ergangen war. Hatte er es geschafft, durch den Nordpol ins Innere der Erde zu kommen? War es überhaupt noch nötig, hatte der Isländer vielleicht schon für Ersams Tod gesorgt? Auf Kereischa würde ich wohl vorerst keine Antworten darauf finden. Vielleicht würde ich, wenn ich die Insel verließ, Nachforschungen anstellen. Ich hoffte, dass es bis dahin nicht mehr lange war, jede Sekunde auf der Insel verging so langsam und ich wurde nie von der Angst vor dem Tode losgelassen. Die Stimmung war angespannt, es herrschte immer unwohle Atmosphäre. Leila erfreute sich anscheinend noch ein wenig an den Wundern der Insel, ich jagte nur und spielte manchmal mit den Kindern der Iguanoden, das sind lange, auf allen Vieren laufende Tiere mit einem nach hinten führenden Horn. Leila und ich sprachen nicht über unsere verstohlene Begegnung in der Halle. Es schien unwirklich fern. Der Zauber hatte nur dem Moment gehört.

Als ich es aber nicht mehr aushielt, weil der Aufenthalt auf Kereischa wirklich nicht angenehm war, fragte ich Leila: „Hey. Ich habe mir gedacht...dass wir James fragen, ob wir die Insel verlassen sollen. Die Expedition ist mehr als unangenehm. Das wissen wir beide. Wir waren neun Expeditionsmitglieder, als wir aufgebrochen sind. Jetzt sind wir drei. Hast du schon das Notizbuch und die Hinterlassenschaft des Isländers gelesen? Ja? Gut. James ist nicht einmal aufgefallen, das er weg ist. Er verhält sich irgendwie krank. Leila. Deine Psyche kann nicht bei voller Gesundheit sein, wenn du noch länger hierbleiben willst!"

„Nein. Nein. Ich habe genug von der Insel studiert. Ich habe halbwegs gründliche Karten. Ich habe genug wissenschaftliche Erkenntnisse. Berichtest du es James?"

„Ja. Aber sicher doch. Sicher."

Am Abend ging ich ging zu James, klopfte an seine Zimmertür und wartete auf eine Antwort.

„Herein, mein guter Gehilfe!" Ich kam rein, eine Zigarette rauchend und erschrak. Überall waren Essensreste verteilt und James sah blass und nicht ausgeruht aus, er lag in seine Bettdecke gewickelt, ich konnte ihn jedoch nicht viel erkennen, er lag im Halbdunkeln und schien dies auch zu genießen.

„Was ist los? Was ist mit Ihnen passiert, was haben Sie getan?"
„Sven! Du naiver kleiner Feigling...was ist los mit dir?"

„Erzählen sie mir die Wahrheit. Wieso...sind sie so?"

„Ich glaube, ihr wisst es alle schon. Ich bin kein Gott mehr. Ich bin Titan. König der Götter. Für mich ist der Adel Pöbel. Ich allein mag den Glanz meiner Existenz verstehen. Willst mich nicht huldigen, willst mich nicht feiern."

Er lächelte herabblickend und sah mich an, als wäre er etwas Besseres. Als wäre ich nur eine Ameise, die ihn beim Picknick störte. James fuhr wie beiläufig fort: „Ich hab mal einen umgebracht."

Ich zuckte zusammen und fragt ihn erschrocken: „Wen?"

„Einen General oder so."

„Wann?"

„Als ich im Krieg war."

„Er hat meine Männer umbringen lassen. Ich hab's als einziger geschafft. Ich habe mich als einer seiner Wachen ausgegeben und seine Zigarettenschachtel vertauscht. Er hat meine Zigaretten geraucht, die explodiert ist, ich hatte Schwarzpulver reingetan." Ich schluckte, hustete und legte meine Zigarette unauffällig beiseite.

„Der Mann blutete dann noch eine halbe Stunde. Er schrie aber nicht, denn Schreien konnte er nicht mehr."

Ich fragte: „In welchem Krieg?" James stand schweigsam auf und griff sich etwas Fleisch. Er biss sich etwas ab und sprach ernst zu mir: „Ich habe jede Waffe versteckt. Ich habe die ganze Munition versteckt. Nur du hast noch eine Waffe. Und Leila. Und der Isländer. Sag, wo ist der eigentlich? Dieser Narr, ein Schlechtling höchsten Grades, er verpasst das Spiel."

Mit wurde allmählich klar, wie krank James war. Neugierig fragte ich aber: „Welches Spiel?"

„Welches Spiel? Nun, mein Schützling, es ist ein simples Spiel. Ein simples Spiel. Ich jage euch. So einfach ist das. Ihr habt Waffen. Und ich habe, was mir die Schnecken gegeben haben. Ich dachte, ich wäre immun. Aber die Schnecken tun dir Gutes, wenn du immun bist. Sie verändern deinen Körper. Mehr nicht. Du bleibst immer noch der gleiche."

„Ach? Du bist immer noch der gleiche James? Und die Schnecken haben deinen Körper verändert, hm? Ist das auch nur eines deiner Hirngespinste!?" Hatte er Jules vielleicht auch sterben lassen? Ich dachte zurück an das Lächeln auf James Gesicht als es Jules so schlecht ging. Doch als James die Decke wegschob, war ich bloß entsetzt. Meine Entsetzen ging in Staunen über und ich wurde mir bewusst, was in den letzten Tagen mit James geschehen war. Seime Hände waren erschreckend rosig. Die Finger waren je einen halben Meter lang und hatten unzählige Knöchel. Und als ich ein wenig den Vorhang beiseite schob und das Licht des Mondes hereinschien, sah ich seine unwahrscheinlich langen Zähne. Sein Kiefer sah hässlicher aus, als jeder, den ich auf Kereischa gesehen hatte. Schlimm war, wie entsetzlich muskulös er war. Obwohl er ja überhaupt nicht trainiert hatte, die Muskeln wirkten wie Geschwüre auf mich. Am schlimmsten waren die Beine, die drei Meter lang waren, aber nur dünne Haut hatten. Es war mir unbekannt, wie er sich in so kurzer Zeit so stark verändern konnte.

Eifrig und schon fast sabbernd rief James oder besser die Schnecken, die von ihm Besitz ergriffen hatten: „Das Spiel beginnt! Fliehe, Beute!" Ich rannte in mein Zimmer, schrie aus dem Fenster, um Leila zurückzurufen und griff mir ein Gewehr. James sprang vor mich und ich schoss genau in seine Körpermitte. Ein etwa faustgroßes Loch entstand. Aber er war nicht tot. Ich blieb wie erstarrt stehen und musste zusehen, wie zahlreiche Schnecken von innen mit weißen, etwas durchsichtigen Fäden das Loch wieder zuflickten. Er versperrte mir den Weg, also rannte ich wieder in mein Zimmer und kletterte aus dem Fenster. Während ich durchs Tal lief, warnte ich Leila: „Leila! Die Schnecken haben Besitz von James ergriffen! Waffen tun ihm nichts. Lauf, lauf in den Wald!" Leila vertraute mir und rannte mit mir in die Westseite der Insel, wo wir hergekommen waren. Als ich nach hinten schaute, sah ich James, wie er immer schneller wurde. Seine

Augen fixierten uns und er lief auf allen Vieren wie ein Tier. Angst packte mich und machte mich noch schneller. Irgendwann kamen wir in ein Gebiet, das mir völlig neu war. Auf dem Boden waren überall Löcher. Wo konnten die herkommen? Da stolperte ich schon, weil sich mein Fuß in einem der Löcher im Boden verhakte. Bevor ich ihn vollends hinausziehen konnte, sah ich die Beine einer Spinne und einen Körper so groß wie ein Kopf. Nach Luft schnappend hielt ich mich nicht länger damit auf und durchbarst weiter die Farne und Blätter, bis ich fast gegen Leila stieß. Sie stand vor einem riesigen, drei Meter großen Affen. Ich glaubte, ihn als Gigantopitheceus wiederzuerkennen. Der schlug mit seiner Hand auf Leila, die ausweichen konnte, aber am Fuß eine Verletzung erlitt. Sie stürzte zu Boden und ich half ihr, sich wieder aufzurappeln. Sie humpelte und ihr Fuß blutete. Ich stützte sie, während wir irgendwie versuchten, uns aus der Situation zu retten. Unerwartet erschien nun James. Er fletschte die Zähne und wollte mich angreifen, wurde aber glücklicherweise vom Gigantopitheceus gestört. Der stürzte sich auf ihn und versuchte, ihn mit seinem gesamten Gewicht zu überwältigen. James' Kräfte durch die Schnecken waren jedoch leider nicht ganz so leicht zu überbieten. Während ich Leila noch zu retten versuchte, krachte die Hand mit den unnatürlich langen Fingern durch den Rücken des Affens. Ungläubig und fasziniert sahen wir, dass die Schnecken James' zu mehr als nur einem Kranken gemacht hatten. Sie hatten ihn zu einem Monster gemacht. Pech für Leila und mich, denn es gab keine Möglichkeiten mehr, zu entkommen. Wir waren an dem Fluss, der wahrscheinlich derselbe war, in dem Karl verunglückt war., angekommen. Das abstrakte Abbild James' stand grimmig vor uns. Das Ding lief langsam vorwärts und breitete seine Hände aus. Es war zu spät, zu fliehen, in welche Richtung ich auch rannte, James würde mich fangen. Und Leila könnte mit ihrer Beinverletzung nicht weit kommen. Doch das Schicksal war unser Freund; hinter uns sprang aus dem seichten Fluss das dreieinhalb Meter große Ungetüm Spinosaurus, mit dem auffälligen noch höheren, roten Rückensegel und seinem langen Kiefer. Der Spinosaurus biss James, warf ihn in die Luft und zerkratzte seine Haut mit den Krallen, an den Händen mit den Schwimmhäuten. James konnte nichts gegen das kräftige Wesen tun und als er doch versuchte, zu entkommen, fiel er in den Fluss auf einen harten, glatten Stein. James zerbrach buchstäblich. Die Hülle, die die Schnecken als Schutz erbaut hatte, war hart geworden und nun zerbarst sie. An der Luft starben die weißen Schnecken, die, die versuchten, sich aus seinem Körper zu winden, verkümmerten in kleine, graue Rückstände.

Erleichtert atmete ich auf. Auch Leila schien glücklich, ihr Fuß verursachte ihr aber immer noch Schmerzen. „Oh, Leila, mein

Companion... Wir sind die einzigen, die es noch geschafft haben und die Expedition war grauenhaft. All die wissenschaftlichen Errungenschaften, wahrhaft außerordentlich. Doch zu welchem Preis? Los, ich will schnell fort von dieser Insel.", sagte ich – nach Luft schnappend – an eine Felswand gelehnt. Ich rappelte mich auf und verdrängte all die Geschehnisse fürs Erste. Meine Gedanken waren wirr, mein Kopf musste mir beistehen. Leilas Wunde hörte langsam auf zu bluten, ihr Bein war einsatzbereit. Wir hofften, wir würden den Rückweg finden. Kurz bevor wir aber wieder in den dunklen Schlund des fremden Waldes eintraten, blickte ich zurück und schaute auf ein blutiges und unmenschliches Gesicht auf der anderen Seite des Flusses. Es war James' Gesicht, die Augen und die Stirn fehlten. Verwirrt drehte ich mich um und verdrängte aus dem Kopf, was ich glaubte, gehört zu haben: „Ich will nicht sterben..."

Intelligenz

Die einzigen Gründe, wieso wir zurück zu Hütte gegangen waren, waren, um unsere Sachen mitzunehmen und um uns um Leilas Wunde zu kümmern. Was aber von der Hütte übrig war, als wir ankamen, war erschreckend. Sie war anscheinend verbrannt worden und auch unsere letzten Habseligkeit waren nicht mehr zu identifizieren. Es war uns eine große Frage, wie das geschehen konnte. Nicht lange aber grübelten wir, denn als wir uns genauer umschauten, sahen wir, dass die Seiten des Tales auf einmal anders aussahen. Sie hatten unten eine Verformung, Löcher, die hinter die Seiten des Tales führten und aus diesen Löchern krochen kleine, hässliche Gestalten. Langsam offenbarten sie sich uns, es waren Affen, wie es auf mich wirkte. Aber sie alle hatten Rückensegel wie die Spinosauren und einen Dimetrodon, den wir einmal gesehen hatten. Ihre Hände waren dazu von Klauen bestückt und ihre Affengesichter machten einen gefährlichen Eindruck aus uns. Sie hatten Waffen, die der ähnelte, die wir gefunden hatten und ich ironischerweise just in diesem Moment bei mir führte. Sie waren die intelligenten Wesen, die die Schriftzeichen gemalt hatten und anscheinend sogar Waffen benutzen konnten. Ich holte mein Gewehr, denn die Wesen kamen von überall, aus jedem Teil des Tales. Dann griff der erste an, er sprang auf Leila und ich schoss auf ihn. Wenigstens versuchte ich es, das Gewehr funktionierte jedoch nicht. Daher schlug ich mit dem Gewehr auf das Tier. Wir waren nun schon von vielen Hunderten umzingelt. Wieder griff einer mich an und ich schlug ihn wieder mit dem Gewehr. Dann wurde es mir aus der Hand gestohlen. Hastig griff ich in meine Tasche und kramte die Waffe hinaus, die einer der Affenwesen im Busch liegen gelassen hatte. „Oh, Gott, Leila. Das ist unser Ende. Diese abscheulichen Gestalten werden keine Gnade walten lassen." Die Affen standen nun nur zwei Meter vor uns und schritten immer näher. Dann griffen alle gleichzeitig an. Den ersten konnte ich mit der Waffe noch in den Bauch stechen, den zweiten trat ich ans Bein. Kurz nachdem ich mich aber umdrehte um Leilas Gemütszustand zu erkunden, wurde ich mit einem Stein in Ohnmacht geschlagen.

Ich wachte in einer kleinen Höhle auf. Leila saß neben mir und war schon aufgewacht. In einer Ecke lagen zwei tote Relisen. „Na, mein Companion? Keinen guten Schlummer gehabt, wie?"

„Nun, es geht mir vollzüglich. Den Umständen entsprechend. Kaum besser als in meiner Stube Tee zu trinken."

Ein Lächeln fuhr in mein Gesicht. Es half, die Angst zu vergessen. Angst vor dem Unbekannten, was uns nun hier drohen würde. Unsere Hilflosigkeit wurde mir bewusst. Die Höhle war relativ klein und hatte einen Ausgang, der von einem Gitter aus Baumstämmen geschlossen war, einer Tür stark ähnelnd. Ich lugte vorsichtig durch die Stämme. Ich erkannte ein großes Höhlengebilde. Außerdem sah ich, dass wir uns innerhalb der Wände des Tales befanden. Überall standen Schreine von Triceratopsen, Bergziegen und vielen Pflanzenfressern. Ich konnte ehrlich gesagt, keinen Fleischfresser sehen. Sie hielten Longisquana als Haustiere, wie ich vermutete. Longisquana hatten ungefähr die Größe von Ratten und mehrere blattförmige Rückensegel. Plötzlich erschien mir ein Licht! Die Pflanzenfresser wurden alle verehrt, nur Fleischfresser waren gehasst. In dem Tal wurden wohl so viele Fleischfresser getötet, dass sie sich nicht hinunterwagten. Ich berichtete Leila davon und sie pflichtete mir bei. Es war interessant. All das war interessant. Religionen, intelligente Völker, ich hatte nicht vermutet, dass Kereischa noch mehr Überraschungen für mich bot. Wie immer.

„Was diese Tiere wohl gedenken, mit uns anzustellen?" Leila stand auf und sagte: „Nun, antworten vermag ich dir nicht, aber ich kann dir sagen, dass sie ein schlechtes Sicherheitssystem haben." Dann führte sie ihre Hand mit einem winzigen Ast durch einen Baumstamm und ich hörte ein leises Klappern. So sah ich eine Tür, die sie ein kleines Stück öffnete und wieder schloss.

Wir schauten nach, ob es jemand bemerkt hatte, was zum Glück nicht der Fall war. Grinsend fragte Leila: „Na? Was sagst du?" „Was für eine Fügung! Was für ein Geschehen!" „Ja. Ich wollte mit der Flucht warten, bis du aufgewacht warst. Leider kann ich hier aber nichts finden, was wir auch nur annähernd als Waffe verwenden könnten. Wenn wenig genug Wesen vor dem Fluchtweg stehen, tun wir es. Es sind nur vier Meter! Und meinem Bein geht es soweit gut." Also warteten wir. Und tatsächlich wurde es schon bald günstig für uns. Leila öffnete die Tür einen winzigen Spalt breit. Aufgeregt und laut atmend flüsterte sie: „Jetzt." Sie öffnete die Tür weit und wir rannten einfach nur geradeaus durch das Loch ins Tal. Ich weiß nicht, was hinter uns vorging. Ich habe mich nur auf das Loch fokussiert. Als wir davor waren, rutschte ich drunter her und rannte ins Tal. Leila war merkwürdigerweise trotz der Fußverletzung schneller als ich und rannte einige Meter vor mir. Sie sprang als erste über das Loch am Rand des Tales aus den Tal hinaus, ich folgte ihr aber nur höchstens fünf Sekunden danach. Ich hörte hinter mir schon die ersten Schreie. Die ersten Laute in einer unbekannten Sprache. Leila rannte durch den Wald. Ich rannte durch den Wald. Wir würden es schaffen!

Doch auf einmal wurde Leila von einem Speer ins Herz getroffen und fiel vor mir hin, sie war schon tot, als ich kniete, um nach ihr zu sehen. „Nein. Nein. Nein! Leila. Mein... Freundin... und... Kupferstecherin. Mein Companion. Nein." Trauer war ein Gefühl, das man gern für Schmerzen eintauschen würde. Es verbrauchte auch Zeit. Und Zeit hatte ich nicht, also rappelte ich mich auf und rannte weiter durch den Wald. Ich rannte so lange, bis ich erschöpft auf den Boden sank und mich vor Schmerzen krümmte, die Affenwesen schon längst abgeschüttelt. Ich wäre verhungert, hätte ich nicht ein Triceratopskind gefunden. Niedergeschlagen, aber auch ein wenig hoffnungsvoll machte ich mich auf den Weg zur Villa, die ich erst in der tiefen Nacht fand. Ich hatte Hoffnung, da ich Kereischa schon bald verlassen würde.

Heimweh

Ich wachte auf. Ich hatte ein vages Gefühl der Hoffnung. Kereischa wäre bald nicht mehr als ein unwichtiger Fleck auf der Landkarte. Der Morgen war längst vorüber, als ich aufwachte. Ich hatte mein Gewehr und bekam daher auch ein Frühstück. Ich rannte jedoch auch unsinnigerweise durch den Wald, weil ich so unruhig war. Die Insekten, das Klima, die Gefahr, Fleischfressern über den Weg zu laufen. In meinem Kopf war diese Gefahr längst vorüber. Und ich hatte wegen meiner Konzentration, die ich aufbringen musste, um mein essen zu jagen, keine Möglichkeit über Leila nachzudenken. Ich trauerte demnach überhaupt nicht. Es war tatsächlich möglich, zu sagen, dass ich glücklich war. Seit langem. Umso enttäuschter war ich, als ich am Strand ankam. Das Schiff sollte etwas weiter draußen auf dem Meer sein. Es lag jedoch am Strand und war vollkommen demoliert. Ich konnte nicht sagen, wie es zerstört worden war, da die Eindrücke der Zerstörung vielfältig waren. Aber es war hin. Unbenutzbar und damit war es mir unmöglich, die Insel zu verlassen. Ich hätte mich an den Strand gesetzt, doch die Leiche des Kapitäns war zerfleischt worden und überall am Strand verteilt. Ich lief in den Wald, setzte mich auf einen Baumstamm und weinte, bis ich nicht mehr konnte. Nicht nur wegen der grausamen Verweigerung Kereischas, mich heimkehren zu lassen, auch wegen Leila und wegen Karl, wegen James, wegen allem! Gäbe es einen Grund, nicht zu trauern? Erst starben drei Mitglieder, dann noch eins, der Isländer verließ uns und Gott weiß, wo er sich nun aufhielt! James wurde verrückt und Leila, die mir in der ganzen Zeit sich meinem Herz ein Stück annähern konnte, wurde – nach allem was wir gemeinsam erlebt hatten – grausam von einem der Ureinwohner umgebracht! Die guten Momente? Wissenschaftliche Errungenschaften? Sie sind alle vernichtet, alle Bücher, alle Notizen, alle Präparate, alles wurde verbrannt mit der ganzen Hütte von diesen gottlosen Ureinwohnern! Es waren nur die Augenblicke, in der wir die majestätische Natur erlebt hatten. Wenn wir auf dem weiten Feld standen und den Kampf zwischen dem Megatheridae und dem Chalicoterium oder als wir mit dem U-Boot gefahren sind. Halt! Natürlich, das U-Boot! Ich hatte große Tiere gesehen, die von weit außerhalb kamen. Wenn ich geschickt war, konnte ich ganz leicht das U-Boot aus Kereischa navigieren. Es war meine einzige Möglichkeit. Eine verrückte Möglichkeit. Aber es war eine Möglichkeit.

Der Isländer

Inständig und edelmutig machte ich mich auf, das Schneckenwesen Ersam angreifen zu lassen. Instinktiv fürchtete ich mich davor. Aber ich musste Ersam umbringen, sonst würde kein Mensch mehr je geboren werden. Ich war mir ebenfalls sicher, dass Ersam für das Erdbeben in der Forschungsstation verantwortlich war. Da mir schon vorher aufgefallen war, wie tief das Wasserloch im Tal nebenan war, wusste ich, was es zu tun galt. Ich hatte für alles gesorgt, alles eingepackt und so auch eine Taucherausrüstung. Ich zog mich entsprechend an und setzte mich vorsichtig an den Rand des Wasserlochs, dessen Inhalt merkwürdig warm war. Die brennenden Magnesiumröhren erleichterten mir den Weg nach tief unten. Die Tiere wichen dem Licht aus und mein Taucheranzug schützte mich von den Stichen der Quallen. Ich war mir nicht vollkommen sicher, ob ich je den Boden erreichen würde, bevor der Sauerstoff leergehen würde. Nachdem ich meine zweite Magnesium-Fackel angezündet hatte, sah ich endlich einen Boden. Dank meines Helmes machte mir der Druck nichts aus. Unter Wasser sah ich dunkle Gänge und ich folgte ihnen. Leider führten alle in Sackgassen oder verschlungen sich miteinander. Doch das hatte ich auch schon vermutet und mir

Dynamit mitgebracht. Ich drückte auf den Knopf der versiegelten, wasserdichten Box und tauchte weiter nach oben, um mich vor der Explosion zu schützen. Und es war tatsächlich wundervoll, die Bombe gab eine weiträumige Höhle frei, die alles zeigte, was ich sehen wollte. Ich wurde vom Strudel in das Netz aus Gängen geworfen und rappelte mich nach einigen Minuten auf dem Boden liegend auf. Das Wasser führte weiter ins Innere der Erde, sodass sich ein Wasserfall bildete. Ich war aber glücklicherweise nicht in die Fluten gestürzt, sondern stand direkt vor dem Wasserfall in einem hell erleuchteten Gang. Vor Freude strahlend, wieder auf dem Trockenen zu sein und so tief ins Innere der Erde gekommen zu sein, wie ich musste, um Ersam zu töten, überkam mich auf einmal die nicht irrationale Angst, eher noch selbst getötet zu werden.

Ich rannte einige Meter und stand dann vor einem Abgrund. Und ich sah ihn. Ersam. In seiner vollen Gestalt. Seine Gestalt war riesig groß, unvorstellbar episch, Ehrfurcht durchflutete mich, als ich in die Augen des Kolosses sah. Er hatte eigentlich den Körper eines Menschen, in Embryonalhaltung gekrümmt. Am Bauch hatte er aber drei weitere Münder, insgesamt jedoch neun, denn auf seinen Handflächen befanden sich auch noch Münder. Wer jetzt sagt, die Rechnung gehe nicht auf, der soll korrigiert werden. Ab seinen Ellbogen spaltete sich der Arm in zwei Arme, so hatte er vier Hände. Staunend blickte ich in sein Gesicht. Es war göttlich. Es schien so, als wäre sein Körper mit schwarzen Ruß bedeckt, überall, außer auf den perfekt roten, sauberen und glänzenden, spitzen Zähnen, seinen Augen und dem Wort Ersam auf seiner Stirn. Aber mein Staunen gewährte noch keinen Einhalt, denn als ich genauer auf seinen Bauch schaute, bemerkte ich, dass aus ihm der Körper einer Schnecke ragte. Eine Schnecke, die Ersam als Wirt benutzte. Und der Größe nach zu urteilen, konnte es nur die Schnecke aus der Höhle unter der Forschungsstation sein. Sie hatte also doch einen Wirt! Ich dachte nach. Musste ich Ersam nun wirklich töten? Er befand sich doch im Bann der Schmerzen der Schnecke. Doch ich wurde wieder aus meinen Gedanken gerissen, als ich sah, wie Ersams Kopf gegen die Oberfläche der Erde schlug. Er würde hoffentlich nicht gegen das Festland schlagen. Besser war auf dem offenen Meer, das den größeren Teil unseres Planeten bedeckte. Es würde eine neue Insel entstehen. Aber wie konnte ich ihn denn nur aufhalten, den Planeten zu zerstören? Dann kam mir eine Idee. Eins war sicher: wenn ich die Schnecke tötete, würde das Ersam nur von seinem Bann befreien, wenn ich aber die Schnecke in Brand setzte, wie es im Tunnel unter der Forschungsstation geschehen war, könnte ich vermutlich die Schnecke dazu animieren, Ersam zu töten.

Ich rannte durch die Tunnel und erreichte letztendlich den Körper der Schnecke. Bevor ich die Bombe zündete, betrauerte ich, dass all die Tiere, die im Körper des Wesens steckten, nun sterben mussten. Wenn eine schreckliche Naturkatastrophe alles Leben auf der Erde zerstörte, würden die Dinosaurier und all die anderen bezaubernden Tiere nicht zurück nach Kereischa kommen. Aber dann würde es auch keine Menschen geben, die das betrauern würden. Also zündete ich die Bombe und beobachtete das Schauspiel. Ersam öffnete seinen Mund, schloss ihn aber wieder, die Schnecke ließ den Körper Ersams los und Ersam fiel in sich zusammen, sein Kopf steckte jedoch noch immer in der Erdkruste. Keuchend blickte ich auf mein Werk. Ersam war tot. Die Schnecke aber hatte aber ihr Leben noch nicht beendet. Sie wand sich und all die Tiere, die schwarze Narben auf ihrem weißen Körper hinterlassen hatten, fielen hinaus. Es waren allerlei verschiedene Tiere, Tiere, die ich für unmöglich gehalten hätte, Tiere, die in einer von Gott geschaffenen Welt nicht existieren dürfen, Tiere, die nicht mehr taten, als sich ihren niedersten Instinkten hinzugeben, aber vielleicht auch Tiere, die das Ausmaß an Intelligenz erreicht hatten, wie der Mensch. All die Tiere starben sofort. Die Schnecke musste natürlich gestoppt werden und ich brachte wieder die nächste Bombe an, die die Schnecke vernichten sollte. Die würde das Höhlensystem vernichten und eine Menge Steine in ihren Körper rammen. Ich platzierte die Gerätschaft, lief weit genug davon und zündete sie. Noch bevor ich versuchen konnte zu flüchten, wurde ich von einem Stein getroffen.

Heimkehr

Ich glaubte an meinen Plan. Was blieb mir sonst? Der Plan gab mir wieder Hoffnung. Ohne etwas gegessen zu haben, lief ich zurück zur Villa. Nach anstrengendem Suchen fand ich in der Nähe doch noch das Nest eines Dodos, der gerade brütete. Er schmeckte zäh, aber den Hunger stillte er allemal. Ich übernachtete in der Villa und brach direkt am nächsten Morgen auf. Ich kam zum großen Feld und streichelte vorsichtig das Fell eines Wildpferdes. Eines, das es noch auf dem Festland gibt. Ohne Eile, aber trotzdem stetig und zügig ging ich weiter. Das Tal vermied ich mit einem großen Bogen und ich übernachtete auf einer Lichtung in einem Moosgebiet. Ich fand leider nur zwei Stunden Schlaf und lief in der Nacht weiter. Schließlich kam ich zu der Schiene und dem Zug, der noch funktionierte, wie ich erstaunt bemerkte. Also nutzte ich ihn und fuhr so weit, wie ich konnte. Nach einer knappen Stunde erreichte ich einen in den Berg gemeißelten weiten Torbogen. Der tatsächliche Eingang in die Forschungsstation war größer, als ich ihn mir vorgestellt hatte. Schnell fand ich mich zurecht, nachdem ich durch das Portal geschritten war. Ungeduldig lief ich in zum Wohnzimmer und sah, dass es nicht mehr da war, es war beim Erdbeben zerstört worden, es gab nur noch den Teil vorne mit dem Glasausblick und dem U-Boot. So voller Energie kletterte ich vorsichtig am Loch im Boden vorbei und erreichte das U-Boot. Ich stieg ein, es schien alles unversehrt und technisch einsatzbereit. Vorsichtig navigierte ich es aus der Höhle und fand mich in einem Fluss wieder. Ich war noch nie U-Boot gefahren, erinnerte mich aber ein wenig an James Navigation und dazu war dieses U-Boot mit extra leichter Bedienung und Bedienungshilfen gebaut worden. Nach sechs Stunden erreichte ich das offene Meer. Den indischen Ozean. Die nächste bevölkerte Insel war nah genug, dass ich sie mit dem verbliebenen Treibstoff noch erreichen konnte. Die Freude, die ich verspürte, war kaum in Worte zu fassen. Ich selbst glaubte es kaum und hatte keine Reaktion außer einer stillen Angespanntheit. Es war eine schlimme Zeit gewesen. Es war auch eine schöne Zeit gewesen. Es war eine aufregend wilde Zeit gewesen. Die Expedition war vorbei. Ich verließ Kereischa. Endlich. Die Sonne stand tief und in ihr sah ich all diejenigen, die tot waren. Ich sah, was der Isländer für uns getan hatte.

Noch lange danach erwachte ich manchmal aus finsteren Träumen und spürte die dämonischen Schmerzen, die mir durch die Schnecke zugefügt worden waren, Welch´ Glück ich hatte, entkommen zu dürfen.

Die Insel

33 Trupps wurden auf die Insel geschickt, die sich vor einer Stunde im Atlantischen Ozean gebildet hat. Sie war von der Größe Deutschlands. Niemand weiß, wieso es diese Insel auf einmal gab. Sie war nah am Mittelmeer und die Leute, die mit ihren Schiffen auf dem Meer waren, berichteten, dass der Schriftzug Ersam auf einer Seite der Insel gestanden hatte. Manch verwirrte Zunge behauptete, die Insel sei der Kopf eines gigantischen Wesens im Erdinnern gewesen. Die Insel sank aber wieder ein bisschen ins Meer und der Schriftzug verschwand. Die 33 Expeditionen wurden von verschiedenen Ländern geschickt, manche waren freiwillig, aber Angst wütete überall auf der Welt.

Die ersten Aufzeichnungen über die Insel:

„Der steinerne Koloss, der von den Matrosen `Ersam` genannt wird, ist nicht nur eine Insel, nicht einmal, wie wir sie kennen. Es ist ein grandioses Meisterwerk, was über alle Mächte der Natur hinausgeht. Damit meine ich das Gefühl von Unrichtigkeit, der Tatsache, dass diese Insel nicht geben dürfte, nicht in diesen Formen und dieser Art. Das Licht scheint unwahr, Farben wirken getäuscht, alles, was wir sehen, wirkt wie eine Fälschung. Eine instinktive Angst begleitet einen auf der Insel und die Gefahr ver-

birgt sich anders als sonst in keinem Busch oder Wald, sie versteckt sich nicht, die Angst ist unbeschreiblich. Man findet Lücken im Gestein und sie allein formieren die Landschaft. Sie ist von einer solchen Größe, dass man tagelang über den Stein von einem Horizont zum anderen laufen kann, ohne eine einzige sichtbare Form von Leben zu sehen. Und von einem Horizont zum anderen ist nie etwas anderes zu sehen als dieser graue Stein, keine Pflanzen, kein Wasser, kein Leben. Nirgendwo. Es sind manchmal Löcher im Boden und nähert man sich ihnen, wird die instinktive Angst so aggressiv, dass es einem Menschen schlichtweg unmöglich ist, sich den Löchern zu nähern. Und dennoch ist uns aufgefallen, dass an diesen Löchern brennende Zeichen auffindbar sind. Schriftzeichen, die nur eine intelligente Zivilisation hervorbringen kann. Jedes schwächere Gemüt bekommt es nun mit rationaleren Ängsten zu tun. Ich hoffe, die Insel währt nicht lange an der Erde, damit nicht die Geheimnisse gelüftet werden können, die in dieser Insel versteckt sind. Sind bestimmte Geheimnisse erst gelüftet, wird keine Seele der Erde wieder ruhen können. Die Insel ist majestätisch, aber noch dämonischer auf jeden Fall."

Die Insel bebte oft, bis sie wieder in der Erde versank. Und bloß eine Expedition hatte das Glück, grade noch entkommen zu können, doch das Glück währte nur kurz. Die Männer fuhren bereits eine Stunde lang auf dem Meer, um wieder zur Westküste Spaniens zu gelangen. Gewaltige Wassermassen, die vom Sinken der Insel aufgewühlt wurden, warfen das Schiff auf den Grund des Bodens. Bloß ein Mann namens Köwenns Klinscht überlebte. Er schrieb, nachdem er in einem Krankenhaus aufwachte, einen kleinen Bericht über die Insel:

„Man würde niemals vermuten, dass es auf Ersam Leben gab. Zu diesem Zeitpunkt wird immer noch diskutiert, wie die Insel heißen soll. Ich habe den Schriftzug 'Ersam´ in blutrot gelesen, nachdem er über dem Augenpaar erschien und wieder auf den Grund des Meeresbodens sank. Manch einer zweifelt an der Existenz der Insel. Sie war nur sechs Tage an der Oberfläche, bevor sie im Meer versank und bis jetzt sind keine weiteren Beweise außer Berichten geliefert worden. Fakt ist aber, dass viele Menschen auf der Insel gestorben sind. Die Insel hatte existiert. Und ich finde, sie sollte Ersam heißen. Ich habe aber auch nicht erwartet, Leben zu finden, nachdem die Insel zwei Tage lang erkundet wurde. Doch es geschah, dass wir am Rande einer merkwürdig falschen Schlucht ankamen. (Es fällt mir schwer, tatsächlich zu beschreiben, was falsch war, die Schlucht war aber nicht richtig, durfte nicht sein.) Meist hielten wir es kaum aus, wenn wir an einer solchen Schlucht oder an einem Loch standen. Unsere Körper wanden sich dagegen, manchmal mussten wir uns übergeben,

Kopfschmerzen und Schwächeanfälle waren nicht zu vermeiden, daher mieden wir solche Löcher fast immer. Aber die instinktive Angst war an dieser Schlucht, an diesem bodenlosen Abgrund verschwunden, die einem in der Nähe von anderen Löchern überfiel. Mir ist unverständlich wieso, die Angst dort hätte größer sein sollen. In dem Loch war nichts, vermuteten wir, Boden war nicht erkennbar. Die rauen Wände und die Unmöglichkeit, in dem Loch zu verunglücken, aufgrund seiner Schmalheit, brachte uns auf den Gedanken, einfach hinunterzusteigen. Wir taten es so und der erste, der hinunterstieg, war Flinn. Flinn kletterte schreiend wieder hinaus. Ihm folgten die Wesen, die ich so gern Ersamier nenne. Sie hatten lange Arme und Klauen an ihnen. Die Klauen waren ungefähr einen Meter lang und nach innen gebogen. Sie stützten sich auf ihnen, wie es Affen taten. An ihren Ellbogen teilten sich die Arme in zwei, also hatten sie insgesamt vier. Ihre Körper waren sehr lang und hatten am Ende vier Beine, von denen je zwei an einem Punkt abwuchsen. Ihre Füße bestanden aus Lippen. Ihre Gesichter waren schlaff, am schlimmsten aber waren die Löcher, wo die Augen sein sollten. Die Löcher gingen einen halben Meter in ihre Körper hinein und um die Löcher tanzten Tentakel in den Formen von Dreiecken. Sie hatten keine Lippen und keine Haare, keine Zähne und ihre Körper waren alle blass. Ich wünschte, sie hätten uns angegriffen und ir-

gendetwas getan, aber sie standen einfach nur da und die Angst wuchs. Sie existierten zwar vor unseren Augen, aber es war unmöglich zu sagen, ob es überhaupt lebende Kreaturen waren. Dann gingen sie wieder zurück in ihr Loch, nein sie stolperten. Die Art, wie sie sich bewegten, war so unnatürlich und so hilflos, dass es schien, dass sie sich nicht bewegten, sondern eher geschubst wurden, ihre Beine knickten ein, die Köpfe stießen gegen die Steine und sie fielen wieder ins Loch. Im Nachhinein ist die Angst kleiner. Weil ich weiß, dass sie wieder unter den Weltmeeren sind. Und sie existieren nur fürs Erste. Würden sie tatsächlich leben, dann ist mir unergründlich, wie es je einen Glauben an Gott gegeben hat."

Zeitfracht Medien GmbH
Ferdinand-Jühlke-Straße 7
99095 Erfurt, Deutschland
produktsicherheit@kolibri360.de